まち

小野寺史宜

祥伝社文庫

目次

まち

湿原の木道（もくどう）を黙々と歩く。

そうせざるを得ないのだ。無駄にしゃべると体力を奪われるから。会話をしながら楽しく散歩、というわけにはいかない。

前を歩くじいちゃんについていく。僕の足どりは重いが、じいちゃんの足どりは軽い。六十キロの荷を背負ってるとはとても思えない。僕は十五キロぐらい。それでもムチャクチャ重い。背負い梯子（ばしご）の肩当てが肩に食いこんでメリメリ言う。

初め、試しにじいちゃんの荷を背負わせてもらおうとした。無理だった。腰を浮かせただけ。バランスがとれず、立つこともできなかった。

荷はじいちゃんの頭の高さを優に超えてる。僕に見えるのは、じいちゃんのひざから下と、積まれた段ボール箱のみ。そんな状態で、じいちゃんは軽快に歩いてるわけだ。

歩荷（ぼっか）。食料や燃料などの必要物資を麓（ふもと）の問屋から山小屋へと運ぶ仕事。またそれを職業とする人。

ヘリコプターで運ぶのが一般的になった今、仕事そのものも歩荷のなり手も激減してる。その歩荷を、じいちゃんは昔からやってきた。

　前々から一度やってみたいと僕も思ってた。やらせてよ、とじいちゃんに頼んでみた。いきなり山道はあぶないというので、この木道。湿原を歩けるよう整備された木の道だ。右側通行の複線。単線の幅は五十センチぐらい。山道ほどではないが、あぶない。ふらつけない。

　歩きだして五十分。中学の授業の一時間が終わった感じだ。やりたいなんて言わなきゃよかったと、早くも後悔してる。歩荷の人たちはこれで山道を歩く。往復で十五キロ。日によっては二往復。無理だ。きつすぎる。

　ただ。きついのは体だけ。気分はいい。行く先には山が見え、その上には空がある。青い空に白い雲が浮かぶ。湿原のあちこちの水にその空や雲が映る。空気は澄んでる。澄んでいながら潤いもある。

　やっぱりいい場所だな、と思う。それはじいちゃんも言ってた。こんな場所だから毎日歩けるのだと。実際、じいちゃんは何十年も歩いてきた。僕はたった五十分。で、もうきつい。

「重いよ。じいちゃん」

　じいちゃんは足を止めずに言う。

「物は重いんだ」

「ずっとやってれば慣れる?」

「慣れない」

「慣れないの?」

「ああ。慣れない」

「つらいね」

「つらいな。でも、物に重みがあることを常に感じてられる。それを知る人間になれる」

「今の、ダジャレ?」

「ん?」

「慣れると、なれる」

「あぁ」顔は見えないじいちゃんが笑って言う。「そうだ」

1

「待った待った」と野崎が言い、

「右右。当たる」と僕が言う。

「お、ヤベヤベ」

「あ、今度は左」

「マジ、重え〜」

「一旦ストップ」

　そして僕らは階段の踊り場で立ち止まる。踊り場と言っても、狭い。とてもじゃないが、踊れない。

　とりあえず、体勢を立て直す。運んでるのは冷蔵庫。下に置きはしない。置いてしまうと持ち上げるのがつらくなるから。今いるのは三階と四階のあいだ。このまま五階まで行ってしまうほうがいい。同意見らしく、野崎も置こうとは言わない。

　ともに左右の手の位置を微調整するのみ。五秒ほどで、前を行く野崎が後ろ向きに歩きだす。合図の声はないが、冷蔵庫を通じてスタートの意思は伝わる。僕も続く。

五階建ての団地。エレベーターはなし。階段は狭く、各部屋も狭い。引越業者が一番手間どるのはこんな現場だ。軽めの段ボール箱を運ぶにしても、階段の上り下りだけで時間がかかる。

その階段を慎重に上りながら、野崎と三往復以上の会話をしたのは初めてかもな、と思う。普通は一往復で終わるのだ。置く？　置こう。とか。台車は？　向こう。とか。トラックでの移動中も話はしない。現場での休憩中も話さない。何なら少し離れたところで休んだりもする。

知ってるのは野崎という名字だけ。名前までは知らない。当然、歳も知らない。たぶん、僕より少し下。二十一、二といったあたり。野崎も、僕のことは名字しか知らないだろう。

日雇いの引越バイト同士なんて、そんなものだ。目的はシンプルにお金。誰も、仲間がほしくて始めたりはしない。会わない相手には一度しか会わない。二度会っても、軽く目礼する程度。初めて会うように接することもある。そうしたほうが互いに楽なのだ。

このバイトは去年の六月に始めた。

引越業界は慢性的に人手不足。すんなり雇ってもらえた。最寄りの支店に行って面接を受け、アルバイト登録をするだけ。あとは自分の好きな日に働くことができた。前の日に電話して明日入りたいと言えば、それでもう働けるのだ。その気安さが性に合った。

僕が住むアパートから支店までは徒歩二十五分。自転車は持ってないから、歩いていく。遅れそうなら、走っていく。

時給は千円。仕事の開始時刻は現場によって変わるが、基本、一日八時間。残業あり。その分は二割五分増。お客さんから指名があれば、一回につき三千円もらえる。もらったことはないし、これからもないだろうが。

給料は当日に支店で受けとる。文字どおりの日払いだ。仕事は単純。荷物を運ぶ。体を動かしてお金をもらう。潔い感じがする。じいちゃんがやってた歩荷に近い。

たまには社員さんに怒られることもある。スピード重視の現場作業だから、ある程度はしかたない。自分のペースでゆっくり運んでくださいね。はい、よくできました。とはならない。でもなかには親切な社員さんもいる。そうでない人もいる。それはどの業種、どの会社でも同じだろう。

バイトは十代の学生から四十代前半ぐらいまで。女性もいる。変わった人は、多いかもしれない。変わった人というか、特殊な人だ。半年がっつり働いて半年海外を放浪するとか。ミュージシャン志望とかラッパー志望とか。

お客さんの家に入る仕事なので、染髪や長髪やヒゲやピアスはダメ。とはいえ、程度次第ではある。これはヤバいだろ、と一目で思われない限り、そう厳しくは言われない。野崎も、茶髪といえば茶髪だ。ギリ注意されないくらいの。

普段は一日二現場。三月四月の繁忙期は三現場になる。荷物を梱包し、搬出する。トラックで転居先へ移動し、搬入する。セッティングし、最後に養生・梱包資材を片づける。それが作業の流れだ。一現場終えたら次の現場へ向かう。

すべてを段取りよく進めるのが社員さんの仕事だ。僕らバイトはひたすら荷物を運ぶ。トラックと家とを何十往復もする。

段ボール箱は、左手で手前側下の角、右手で奥側上の角を持つ。体で支えるようにするのがコツだ。そうすると楽に運べる。持つ、に、歩く、が加わるから、体のバランスは大事。

一番大変なのは、やはりタンスや冷蔵庫などを階段で運ぶ作業だ。二人で五階まで、はさすがにきつい。気をつけないと腰をやられてしまう。だから無理な体勢にならないよう、常に注意する。

今はまだ六月だからいい。つらいのはこれからだ。冬よりも夏。冬は作業をしてれば体が温まるが、夏にその逆はない。体は熱くなる一方。アパートや団地の階段にエアコンはない。真夏ともなれば、汗ダラダラ。気分が悪くなる人もいる。もう無理と途中で帰ってしまう人もいる。

きついことはきつい。が、体は鍛えられる。数ヵ月もやれば、体力がつく。筋肉もつく。腹筋だって割れてくる。長年やってる社員さんはすごい。たとえ小柄でも地力がある。小型の冷蔵庫なら、一人でもいける。

もう一ついいのは、時間が経つのが早いことだ。早いというか、時間を意識しなくなる。急ぐという気持ちがただあるだけ。終えてみると二時間が過ぎてた。外が暗くなってた。と、そんな具合。夜もぐっすり眠れる。

組むバイトは毎日替わる。一緒になるのは一日だけだから、同僚とは言えない。なかには楽をしようとする人もいる。そればかり考えてる人もいる。いやな人と組まされると、一日は苦痛になる。その日が終わるのを、ただ待つしかない。そうなったら、なるべく周りのことは考えない。一人で仕事をする。気をつかわないという意味では決してなく。

僕同様、このバイトを主な仕事としてる人もいる。そんな人とは度々一緒になる。野崎もその一人だ。でも親しくはならない。会話も最低限しかない。それで成り立つのがこの仕事のいいところでもある。

その野崎と二人、冷蔵庫をどうにか五階まで運び上げる。

そこへ、サイレンが聞こえてくる。ウ～ウ～ウ～、に、カンカンカン、が交ざる。パトカーでも救急車でもない。消防車だ。

「火事か」と野崎が言う。火事か？　という質問ではなく、火事だ、という独り言に聞こえる。

だから僕は何も言わない。言わないが、あせる。消防車のサイレンは苦手なのだ。その音は本当によくできてる。緊急！　と人に感じさせる。何よりもそちら優先、と思わせる。

サイレンは遠ざかる。ちょっと安心する。が、安心などしてはいけないことを僕は知ってる。サイレンは遠ざかっただけ。火事はどこかで起きてるのだ。

「じゃ、このまま」と言う野崎に、

「うん」と返す。

開けたまま固定された玄関のドアからなかへ冷蔵庫を運び入れる。引越の依頼者である日比平作（ひびへいさく）さん宅だ。

僕は体を動かすのが好き。だからこの仕事をしてる。それはじいちゃん譲りかもしれない。丈夫だからこそ動かせる。母が丈夫な体に産んでくれたことに感謝しなきゃいけない。

そう。僕は丈夫も丈夫。カゼはほとんどひかないし、腹もほとんど下さない。身長は百八十七センチ、体重は七十五キロ。デカい、とよく言われる。中一で百七十を超え、高一で百八十を超えた。そのまま百九十までいくかと思ったが、そこまではいかなかった。

身長が百八十七センチだと、体重は七十七キロぐらいが普通らしい。二キロ少ない。でも自分では今がベストだと思ってる。動くにはベスト。これ以上は重くなりたくない。
靴のサイズは二十八センチ。それは自分でもデカいと思う。ちょっと恥ずかしい。そのサイズの靴は、脱いで置いておくとやけにデカく見えるのだ。バカの大足、という言葉が頭に浮かんでしまう。二十八センチの靴は、ものによってはサイズが用意されてなかったりする。店に置かれてなかったりもする。

体を動かすのが好きなのはじいちゃん譲りだが、体が大きいのは父譲りだろう。父も、身長は百八十センチ近くあった。実際には百七十九だったが、面倒なので百八十ということにしてた。

瞬一（しゅんいち）という僕の名前は、その父がつけた。つけてほしいと父はじいちゃんに言ったらしいが、お前の子なんだからお前がつけろ、とじいちゃんは言った。

じいちゃんが紀介（きすけ）で、父が紀一（きいち）。父は、紀でなく、一をとることにした。母知枝子（ちえこ）とも相談した結果、瞬一が浮上した。瞬一をひっくり返した一瞬も、父は一瞬考えたらしい。いっしゅん、という音の響きも悪くないと思ったのだそうだ。でもさすがに冒険はせず、やはり母と話し合ったうえで、瞬一に決めた。

父と母。結局はそこへ行き着いてしまう。消防車のサイレンを聞いたときはいつもそうだ。

江藤（えとう）紀一と知枝子。

両親の記憶はあまりない。

十四年前、僕が九歳のときに亡くなってるから無理もない。

そのころ、父と母は地元群馬の片品村(かたしなむら)で宿屋を経営してた。定員が三十人にも満たない小さな宿屋。『えとうや』だ。

そもそもは、じいちゃんの兄の加介(かすけ)さんが始めたという。でも五十代に入ってすぐに体を壊した。加介さんは未婚。子どもはいなかった。じいちゃんもまだ四十代。歩荷をやめる気はなかった。

そこで、僕の父が継いだ。加介さんがそれでいいと言うので、少し改築し、少し名前も変えた。民宿『江藤屋』を、ただの『えとうや』にした。それが僕の生家だ。

加介さんは僕が生まれる前に亡くなってる。じいちゃんの奥さん、つまり僕のばあちゃんも、その十年以上前に亡くなってる。写真でしか見たことがない登和子(とわこ)ばあちゃん。僕とちがい、体が丈夫ではなかったらしい。

『えとうや』の建物の隅に、僕ら家族は住んでた。離れではない。隅。同じ建物内。歩荷のじいちゃんは、もう少し尾瀬ヶ原(おぜがはら)寄りの場所に一人で住んでた。

そして『えとうや』で火事が起きた。

午後、チェックイン前の時間だったので、幸い、お客さんはいなかった。これは本当に幸いだった。

火の不始末などがあったわけではない。収斂火災。原因は、調理用のステンレスボウル。それが凹面鏡の役割を果たし、陽光を一点に集中反射させた。結果、火が出た。うそのような話だが本当だ。様々な条件が重なって、稀にそんなことが起こる。一年で十件程度はあるという。その十件に入ってしまったわけだ。『えとうや』が。

当時、僕は小学三年生。その日、学校は午前中で終わってた。そのことは父も母も知ってた。昼ご飯を食べると、僕は漫画を借りるべく、クラスメイトの多聞の家に向かった。トマトのハウス栽培農家の諸岡家だ。そのことは父も母も知らなかった。

そういうことはよくあった。一応は宿屋。客商売。日によっては連泊するお客さんもいる。要請があれば昼食を出しもする。いちいち声をかけて仕事の邪魔をするわけにもいかないのだ。

で、諸岡家に行った僕が多聞から漫画を借りて帰ると。

家が燃えてた。

窓から出た火が蛇のように壁や屋根を伝うのを見た。火は動くのだとあらためて知った。そして自ら大きくなれる。水とちがい、自ら量を増やせる。どんなに大きなものでも、燃やせるなら燃やしてしまう。丸ごと包みこんでしまう。

僕は呆然と立ち尽くした。

誰かが通報してくれたらしく、すぐにサイレンが聞こえ、消防車が来た。はずだ。すぐだったのかはわからない。そのあたりのことはよく覚えてない。

記憶ははっきりしてる。燃える家の記憶、火の記憶、は鮮明に残ってる。ただ、それ以外は曖昧。まさに火の記憶がほかの記憶を燃やしてしまった感じだ。その手のことはいきなり起き、一気に進んでしまう。どんな順序で何がどうなったのか、把握などできない。

だからこの先はあとで聞いた話。誰かが直接見たわけではない。消防士の人たちの証言をもとに、母と父が倒れてた位置からなされた推測。

煙を吸いこんだ母が、まず意識を失って倒れた。父が母をたすけようとした。運び出そうとしたが、ダメだった。

燃える家の記憶。火にすっぽりと包まれた『えとうや』の記憶。大げさにはなってるのだと思う。悪いほうに変えられてるのだと思う。思い返すたびにそうなってしまうのだ。でも思い返さずにはいられない。

もちろん、『えとうや』はそこで終わった。その後更地になり、今もそのままだ。もう影も形もない。

まさに焼け出された僕は、じいちゃんに引きとられた。じいちゃんが一人で暮らしてた家に移った。

菜園がある庭は広いが、建物自体は小さな平屋。和室が三つの３ＤＫ。

二人なので、不自由はなかった。じいちゃんは毎日ご飯をつくってくれた。そして歩荷の仕事へと出かけていった。父と母のことは何も言わなかった。僕も、何も言わなかった。父と母がいないことに慣れるのに必死だった。じいちゃんはあまりしゃべらない人なので、僕もあまりしゃべらなくなった。いつの間にか、しゃべらずにいることに慣れた。

じいちゃんが歩荷の仕事をしてることは知ってたが、どんな仕事なのかは知らなかった。それを、少しずつ知っていった。

仕事があるのは、山小屋が営業してる四月中旬から十一月上旬まで。朝は早い。午前六時半ごろに始め、午後三時ぐらいに終える。

だから、僕が学校に行くとき、じいちゃんはすでにいないことが多かった。でも朝ご飯のおにぎりとみそ汁だけは必ず用意してくれた。みそ汁は、僕が火をつかわなくてすむよう、保温ポットに入れておいてくれた。じいちゃんがいないときに火をつかってはいけないと、それは強く言われた。言われるまでもない。つかうわけがなかった。

僕が通った小学校は統合され、今はもうない。その小学校は近かったが、中学校は遠かった。でも悪天候の日は村役場に勤める鎌塚摂司さんが車で送ってくれた。僕より一つ上の息子、摂人くんと一緒に乗せてくれたのだ。摂司さんの家は中学側にあるため、わざわざ迎えに来させる形になった。車なら五分、何でもないよ、と摂司さんは言ってくれた。摂人くんが高校に進んでからの一年も、やはり摂司さんは僕を中学に送ってくれた。おれも役場に出勤するから大した手間じゃないよ、とそこでも言ってくれて。

じいちゃんも、冬は近くのスキー場で降雪の仕事をする。だからその時季は軽トラで僕を中学へ送ってくれた。本当なら摂司さんへのお返しに摂人くんも乗せたかったのだが、軽トラは定員が二名なので無理だった。時季に関係なく、帰りはじいちゃんがその軽トラで迎えに来てくれた。

じいちゃんは若いころから歩荷をしてた。一度に運ぶ荷物は、少ないときで四、五十キロ。多いときは百キロを超える。三十代のころまでは、実際に百キロを運んでたそうだ。すごいとしか言えない。

でもじいちゃんに言わせれば。歩荷は選ばれし人の仕事ではない。ある程度の体力があれば、経験を積むことで誰でもできるようになるそうだ。ただし、山や自然が好きでないと続かない。何せ、外。寒いし、暑い。風が強い日や雨が降る日にはコケることもある。それでも、自然を感じられるのは魅力。毎日同じ場所を歩いてても、景色は少しずつ変わる。その変化を楽しめる人なら続く。

中学生のとき、初めてじいちゃんの手伝いをした。というか、初めて歩荷のまねごとをさせてもらった。十五キロ程度の荷を背負い、二時間ぐらい歩いた。

その日。一緒に歩いたあと。初めてじいちゃんに尋ねた。現場にいなかったじいちゃんが答を知ってるはずはないのに。

「お父さんとお母さんは、僕が家にいると思ってたの？　だからたすけに行って、ああな

った の？」

　誰からもそんなふうに言われたことはない。でもそれはずっと気になってたことだった。火事が起きたのが小三。しばらくは何も考えなかった。子どもなりに、考えるのを避けてた。でも中学に上がったころから、少しずつ考えるようになった。

「わからない」とじいちゃんは言った。「そうかもしれないし、そうじゃないかもしれない。じいちゃんにもな、本当にわからないんだ」

　そうじゃない、とじいちゃんに強く言ってほしかった。それを望んだからこそ、僕はじいちゃんに尋ねたのだ。でもじいちゃんはそう言った。何というか、ごまかさなかった。じいちゃん自身、本当にわからなかったのだと思う。

「もしそうだとしても」とじいちゃんは続けた。「瞬一が責任を感じる必要はない」

「なくは、ないよ」

「いや。ない」

「どうして？」

「じいちゃんが紀一なら、瞬一をたすけに行ってた。じいちゃんがじいちゃん自身であっても、行ってた。当たり前だ」

「でも僕は何もしなかったよ。ただ火を見てただけで、お父さんとお母さんをたすけに行かなかったよ」

「瞬一はまだ小さかったし、火もまわってたんだからしかたない。あの火事で唯一よかったことは、何だと思う？」

「わかんない。よかったことなんてないよ。何？」

「瞬一が紀一と知枝子さんを探しに行かなかったことだ。今こうして瞬一が生きてるってことだ。紀一も知枝子さんも、まちがいなくそう思ってる。じいちゃんにはわかる。紀一も知枝子さんも、最期の瞬間にはこう思ったはずだ。よかった、瞬一はここにいない、生きてるってな」

そして高校三年。進路について考えなければいけなくなったとき。自分からじいちゃんに言ってみた。

「僕、歩荷をやろうかな」

じいちゃんは少しもためらわずに言った。

「ダメだ。この仕事に先はない」

「でも、まだやってる人はいるし、体力も少しはあるから僕だって」

「なれるよ。瞬一ほどの体力があれば、じいちゃんよりずっといい歩荷になれる。お前は自然も好きだしな、自然からも好かれてる感じがする」

「だったら」

「じいちゃんはずっとこの村に住んでる。幸いにも、それでどうにかやってきた。でもよそのことは何も知らない。紀一にも、村の外のあれこれを見せてやれなかった。瞬一にはそうさせたくない。紀一も知枝子さんも同じだと思う」そしてじいちゃんは言った。「瞬一は東京に出ろ。東京に出て、よその世界を知れ。知って、人と交われ」

「でも」

「お金はあるんだ。火災保険の分もあるし、紀一の生命保険の分もある。いくらかは瞬一の学費でつかわせてもらったがな、あとは残してある。そのお金をお前に持たせる。それがあれば、東京の大学にも行ける。向こうで一人で暮らせる」

「じいちゃんは？」

「ここに住む。じいちゃんは村の人間で、もうとっくにじいちゃんだ。ここを出る気はない」

「僕も村の人間だよ」

「もちろん、そうだ。でも村の人間で終わる必要はない。いつか戻ってきてもいい。まずはよそを見ろ」

「大学に行けってこと？」

「そうじゃない。行きたいなら行けばいい。行かなくてもいい。それは瞬一が自分で決めろ。専門学校とかそういうのに行ってもいい。瞬一がそうしたいなら、働いてもいい」

「東京で、いきなり？」

「誰だって働くときはいきなりだ。それは、学校を出ても出なくても変わらない」

「そうだけど」

「あと一年あるからな、瞬一が自分でじっくり考えて、好きなようにしろ。じいちゃんは何も言わない」

じいちゃんは本当に何も言わなかった。そのころにはもう歩荷をやめ、菜園での野菜づくりにいそしんでた。いそしみすぎて、菜園はどんどん大きくなった。胡瓜（きゅうり）にレタスにホウレンソウに夏秋大根。育てる野菜も増えた。その野菜で朝晩のご飯をつくってくれたり、昼の弁当をつくってくれたりした。軽トラであちこち連れていってくれたりもした。たまには二人で尾瀬ヶ原を歩いた。荷物は持たずにだ。そのときもじいちゃんは、ここも空気だけは東京に負けないだろうな、と言う程度だった。

大学を受けるには、そのための勉強をしなければならない。どうするか迷いながらでは身にならない。だから僕は、高三の夏前にはもう結論を出した。東京には行く。学校には行かない。

就職活動もしなかった。そういうことは、とりあえず出てからにしようと思った。まず。高卒でどんな仕事ができるのか、東京にはどんな会社があるのか、見当もつかなかったのだ。

そうか、とだけ、じいちゃんは言った。就職するにしても、じいちゃんは何も知らないから力にはなれない。瞬一がそう決めたのならそれでいい。

というわけで、僕は群馬から東京に出た。高校を卒業したての十八歳で。大学に進むでも専門学校に進むでもなく。就職するでもなく。

そして丸四年が過ぎた今も、こうして引越のバイトをしてる。名字と顔しか知らない野崎と二人、他人の冷蔵庫を運んでる。

その冷蔵庫を、社員の隈部さんの指示で、ダイニングキッチンに置く。

「重ぇ～」と野崎が言い、

「ごめんね、階段しかなくて」と依頼主の日比さんが言う。

お客さんの前での、重ぇ～。社員さんによっては、怒る人もいる。隈部さんはちがう。日比さんが笑顔で応じてくれたこともあり、自身、笑ってる。しょうがねえなぁ、という感じに。

「はい。じゃ、お二人」とその隈部さんが明るく言う。「今度はタンスよろしく」

「あの大物っすか」と野崎。

「あれはもう古いやつなんで、ちょっとぐらい傷つけちゃってもいいから」と日比さん。

「いえいえ、それは」と隈部さん。

野崎と僕はすぐに玄関から出て、上ってきたばかりの階段を駆け下りる。僕が先。野崎があと。

背後から野崎が言う。

「火事、どうなったかな」

それは問いかけに聞こえたので、振り向きはせずに応える。

「どうだろう」

「みんな無事ならいいな」

ちょっと意外に思い、今度は振り向いて言う。

「うん」

わざわざ振り向かれたことに驚いたのか、野崎は弁解するように言う。

「いや、だって、ほら、火はあちいじゃん。あちいのは、いやじゃん」

2

支店で今日の分の給料をもらい、アパートに帰る。

敷地に入るところで、笠木得三さんに会った。僕の真下、一〇一号室に住む人だ。七十すぎ。一人暮らし。下の名前まで知ってるのは、得三さんがアパートの住人にしては珍しくフルネームの表札を出してるから。

得三さんはコンビニのレジ袋を提げて、逆方向から歩いてきた。

「こんばんは」と声をかける。

「こんばんは。日が長くなったね」

「こんにちはでもよかったですね、この明るさなら」

「仕事帰り？」

「はい」

「ご苦労さま」

「どうも」

そして別れる。僕は階段を上り、得三さんは一階の自室に入る。

江戸川区平井にある筧ハイツ。一階と二階に各二室の計四室。階段は左右の部屋を分ける形で真ん中にある。

二階へ行くと、玄関のドアを開けてなかに入る。さすがに室内は暗いので、明かりをつける。

筧ハイツのA棟はワンルームだが、B棟は2DK。僕はB二〇一号室。二間だ。ワンルームでもよかったが、いつじいちゃんが来てもいいようにということで、そちらを選んだ。じいちゃんはこれまで一度も来てないが、これからはわからない。歩荷で鍛えたじいちゃんだって歳はとる。一人では暮らせなくなるかもしれない。

だったら一階に住むべきだといつも思うが。このアパートに住むことを決めた十八歳のときは、そこまで思い及ばなかったのだ。一階よりは二階のほうが防犯の意味で安全だろう。そう考え、決めた。家賃は一階より少し高いのに。

そんな理由での二間だから、部屋はスカスカだ。あるのは洗濯機と冷蔵庫と電子レンジとテレビくらい。タンスとベッドはない。服と布団はすべて物入れに収めてる。和室のほうは、押入れにじいちゃん用の布団が一式あるだけ。それは一度もつかってない。

一人暮らしを始める前は、自炊（じすい）をするつもりでいた。そのほうが割がいいと聞いてもいた。そして今。一人暮らしを始めて四年と二ヵ月が過ぎたが。してない。

引越してきて、とりあえず落ちつくまでというつもりでコンビニ弁当を食べたら、これが案外うまかった。その後、割安感を求め、スーパーの弁当に行き着いた。

驚いた。東京は物価が高いとも聞いてた。実際、高かった。でも安いものは安いのだ。一番安い弁当なら三百円程度で買えた。割引シールが貼られたものは、二割引や三割引。時間によっては半額にもなる。むしろ割がいい、と思った。

今日も、支店からの帰り道に少し遠まわりをしてスーパーに寄り、割引弁当を買った。海苔（のり）弁当がなかったので、ハンバーグ弁当。

それを電子レンジに入れ、温める。熱すぎるのはいやなので、五百ワットで一分。

あと十秒ほどで終了。というところで、外から声が聞こえてきた。

女声。一瞬、悲鳴かと思った。が、すぐにそうではないとわかった。

声は二つ。たぶん、隣人。お母さんは三十前後で娘さんは小学三年生の、君島さん親子。敦美さんと彩美ちゃん。

控えめなピーという音を立てて電子レンジが止まる。作動音がなくなったことによって、声はもう少しはっきり聞こえてくる。

「ママ、そっち」

「ほら、出てよ」

そして。

「わわわ。いやだいやだいやだ」

「あ、ダメダメ。戻っちゃダメ」

不穏は不穏。いったい何があったのか。

見過ごすわけにはいかない。と思いつつ、でも僕が出ていくのもなぁ、とも思う。

さっきは下の得三さんとあいさつをした。どちらもが外にいたからだ。わざわざ外に出ていって首を突っこむのは、ちょっとちがうような気もする。

そこへ、彩美ちゃんの泣き声に近いこんな声が聞こえてくる。

「無理。わたし、もう入れない」

電子レンジの扉を開けようとしてた手を離し、立ち上がる。玄関に行き、サンダルをつっかけて、ドアをゆっくりと開ける。そしてすき間から顔を出す。

外に君島親子がいる。二〇二号室のドアは開いてる。引越のときのように、開きっぱなし。二人は僕のすぐ前に立ち、玄関のほうを見てる。が、ほぼ同時に振り向く。

「あっ」と敦美さんが言い、一歩前に出る。僕からは遠のく。

「どうも。こんばんは」

「こんばんは。聞こえちゃいました？」

「はい」

「すいません、お騒がせして。すぐすみますから」

「あの、どうしたんですか？」

「えーと、あれが」

「あれ」

「黒いあれが、なかに」と言い、敦美さんは右手で玄関のなかを指す。

ぴんと来た。

「あぁ。もしかして、ゴキブリですか？」

その言葉を聞いた彩美ちゃんが顔をしかめ、身をすくめる。

「それです」敦美さんが説明する。「まさかこんなに早く出ると思わなくて」

今は六月。早いといえば早いのか。

「玄関のほうに行ったから、ドアを開ければ出てくれるかと思って大急ぎで開けたんですけど。戻っちゃって」

それで、戻っちゃダメ、か。

「わたしも娘も、ダメなんですよ。もう本当にダメ。まあ、わたし得意、という人もいないでしょうけど」

虫は、ダメな人は本当にダメだ。村の多聞もそうだった。農家の跡取りがそれでだいじょうぶなのか。本人もそれを心配してた。父親と一緒にその仕事をしてる今はどうにか慣れたらしい。少なくとも、農作業に関わってくる虫は。でも家に出るゴキブリはやはりダメだという。

僕も決して得意ではない。急に出れば、うわっとなる。が、退治できないほどではない。居座られるほうがいやだから、いつも退治にかかる。じいちゃんみたいに平然としてはいられない。悪さはしないからほっとけ、とは言えない。

村にもゴキブリはいたし、ほかの虫もいた。ムカデもヤスデもいた。結構デカいのもいた。東京でも、ゴキブリだけは見る。種として強いのだな、と感心する。感心はするが、歓迎はしない。

だから親子の気持ちもわかる。だからこう言ってしまう。

「僕、やりましょうか?」

「え?」と敦美さんがこちらを見る。

彩美ちゃんも見る。

「いや、あの、ゴキブリを」省略形で言い直す。「ゴキを、退治しましょうか?」

言い終えてから思う。余計なお世話だったか、と。退治するなら、家に上がらなければならない。親子にしてみれば、よく知らない男を家に上げなければならない。

敦美さんが言う。

「ほんとですか?」

「はい」

「そんなことを頼んでしまって、いいんですか?」

「いいですよ。あの、そちらがいやでなければですけど」

「ぜひお願いします。いいよね? 彩美」

彩美ちゃんは、僕を見てこくりとうなずく。

「じゃあ、どうしましょう。いいですか? なかに入っても」

「どうぞ」

「殺虫剤、僕は持ってないんですよね。捕獲するタイプのやつを置いてるだけなので」

「ウチ、あります。スプレー缶」と敦美さんが言う。「だからつかえばよかったんですけど。後処理をするのも無理だから、どうにか外に出てもらおうとしたんですよ。でも先まわりしてドアを開けたらUターン。警戒されたみたいです」

それはそうだろう。前に出られたら、ゴキは警戒する。突っこんではこない。

「まだ玄関の近くにいてくれればいいけど」

「じゃあ、早めに」

「お願いします。本当に、お願いします。すいません、業者さんでもないのに」

「いえ」

確かに僕は業者ではない。うまくやれるかわからない。ゴキを見つけられなければそれで終わりだ。

敦美さんが先に入り、僕が続く。彩美ちゃんは、続かない。待機。外から様子を見るらしい。

敦美さんが怖々と早足で洋間に行き、同じく怖々と早足で戻ってくる。手にしたスプレー缶を僕に渡す。

「これです」

「はい」

緑色のスプレー缶。ゴキジェットプロ、と書かれてる。頼もしい。やってくれそうな感じがある。ゴキジェットアマではない。プロなのだ。プロならやる。

「去年出たときに、もうひどくあわてちゃって、つい大家さんを呼んじゃったんですよ。電話で事情を説明したら、大家さん、わざわざ来てくれて。退治までしてくれて。持ってきたこれを置いていってくれました。ウチには新しいのがあるからどうぞって」

大家さんらしい。筧満郎（みつろう）さん。アパートのすぐ隣にある一戸建てに奥さんの鈴恵（すずえ）さんと二人で住んでる。とても親切な人だ。

「えーと、外に出そうで出なかった、んですよね？」

「はい。三和土（たたき）には下りてくれたんですけど、ドアとの段差が気になったみたいで、戻っちゃいました」

「じゃあ、まずその辺から」

二〇二号室。造りは僕の二〇一号室とほぼ同じ。隣といっても向かいなので、左右が入れ替わってる感じだ。

備付けの靴箱があり、その下は空洞。床に両ひざをつき、三和土にも右手をついて、そこを覗（のぞ）く。靴は置かれてない。が、ゴキもいない。

「すいません、こんなことさせちゃって」と敦美さんが言い、

「いえ」と僕が言う。

それを外から彩美ちゃんが見てる。

「どうですか？」

「いないですね」

「部屋に戻っちゃったのかな」

「順に見ますよ」と言って、立ち上がる。

玄関からすぐのところに洗濯機がある。その下に潜りこまれたら手出しはできない。いるかいないかの確認すらできない。両側のすき間。右はただのすき間だが、左は少し広く、排水口があり、パイプがつながってる。

「いませんね」

「おフロに行かれてたらどうしよう」

洗濯機のすぐ向かいがそのおフロだ。

「見ても、いいですか？」

「見てください。隅々まで」

見る。そこはわかりやすい。狭い脱衣スペースに、バスタオルなどを入れてるのであろう収納ボックスがあるだけ。あとは洗面台。でもゴキはどこにでも入りこむから安心はできない。

「バスタブのなかも、一応、見てもらっていいですか？」

「はい」

そこも見る。フロは僕のところよりきれい。何というか、くすんでない。掃除が行き届いてる感じだ。

「だいじょうぶです」と言ったところで、外から声が聞こえる。

「あっ」

彩美ちゃんだ。

「何？」と敦美さん。

急いでフロから通路へ出る。

「いました？」

「ちがった」と彩美ちゃん。

「脅かさないでよ」と敦美さん。

「ママ」

「ん？」

「靴のなかとかに、入ってないよね？」

靴のなか。三和土に置かれてる靴のなか、ということだ。

僕のサンダルと敦美さんのサンダルを除けば、そこにあるのは二足。一つは敦美さんのパンプス、もう一つは彩美ちゃんのスニーカー。なかに入りこみはしないだろうが、外からは見えない。安心してもらうため、確認はするべきだろう。

敦美さんに尋ねる。

「触ってもいいですか？」

「どうぞどうぞ。お願いします」

さっきと同じように両ひざを床につけてしゃがみ、まずは彩美ちゃんのスニーカーに手を伸ばす。

と、視界の左隅で何かが動く。何か。黒くて速いもの。

「ん？」

向きを変え、三和土に手をついて再び靴箱の下を覗く。

「いた！」

紛れもなくゴキだ。黒い。そして速い。

こちらも素早くスプレー缶を右手に持ち替え、噴射。ゴキはターンし、左へと戻る。そこへまた噴射。靴箱の下からこちらへは来させない。噴射また噴射。ゴキも粘るが、七度めの噴射で歩みを止めた。そしてひっくり返り、触角と脚の動きも止めた。

微かには覚える罪悪感を押し殺し、僕は言う。

「終わりました」

「よかったぁ」と、敦美さんが心底ほっとした様子で言う。

彩美ちゃんは何も言わないが、安堵したことは表情から見てとれる。

「ほんと、よかったです。ありがとうございます」

「トイレットペーパーをもらってもいいですか？」

「はい。ちょっと待ってください」

敦美さんはトイレのなかに入り、未使用の一ロールを手に出てくる。

「いくらでもつかってください。必要なだけ」

「すいません」

受けとり、ペーパーを手で巻きとる。そして敦美さんに返す。

「僕の部屋のトイレに流しますよ」

「いえ、さすがにそれは」

「いいですいいです。どこで流しても同じですから」

ゴキを一匹包んだトイレットペーパーを流すくらいで下水管が詰まったりはしないだろう。流してしまえるならむしろ楽だ。

サンダルを履き、今度は三和土に両ひざをつく。前屈みになり、靴箱の下に右手を差し入れる。ゴキをくるむようにトイレットペーパーを押し当て、ふわりとつまむ。成功。

立ち上がり、言う。

「流しておきますよ。じゃあ、これで」

「ありがとうございます」と敦美さん。「本当に本当にたすかりました。どうしようかと思ってたので。ほら、彩美もお礼言って」

彩美ちゃんは、少しためらってから頭を下げる。

「じゃ、失礼します」と僕は外に出る。

「ありがとうございました」と敦美さんが言う。

彩美ちゃんがなかに入る。ドアがゆっくりと閉まる。

部屋に戻り、さっそくゴキをトイレに流す。そしてフロ場に移り、洗面台で手を洗う。鏡に映った自分の顔を見て、ヒゲ、剃っとけばよかったな、と思う。バイトはヒゲNG。生やしてるわけではない。無精ヒゲ。そんなには生えないから、三日に一度ぐらいしか剃らないのだ。

それから電子レンジでハンバーグ弁当を温め直し、洋間で食べた。

君島親子は今のゴキ騒動で晩ご飯はまだだろう。たぶん、敦美さんがその支度をしてたときに、ゴキが出たのだ。何にせよ、退治できてよかった。ゴキがどこかにいると思いながらご飯を食べてもおいしくないだろうから。

君島さん親子は、去年の四月に引越してきた。

僕自身がここに引越してきたときは、千円ぐらいの菓子折りを持って、隣の人と下の人のところにあいさつに行った。そうしておけとじいちゃんに言われてたのだ。でも東京の人はそれをしないものと思ってた。アパートやマンションの隣に誰が住んでるか知らないとか会ってもあいさつをしないとかいう話を、何度となく聞いてたから。

意外にも、敦美さんはあいさつに来てくれた。むしろ警戒されてるのかもな、と思った。隣に誰が住んでるか知っておきたいということなのだろう、と。

それからも、会えばあいさつをした。こんにちは、こんばんは。敦美さんは、いつも同じ言葉を返してくれる。彩美ちゃんは返してくれない。が、反応はしてくれる。こちらを見ずに、頭を下げてくれる。

僕がこの寛ハイツを選んだのはたまたまだ。選んだことは選んだが、たまたまはたまたま。

東京二十三区に片品村のような自然はない。あるわけない。山もない。渓谷もない。実は港区に愛宕山、世田谷区に等々力渓谷があるのだが、まあ、大規模なものはない。でも何かあるだろうと思い、地図を見た。あった。川だ。

江戸川区には、案外太い川が流れてた。荒川だ。江戸川区なのに？　と思った。江戸川は江戸川で、区の反対の端を流れてた。これもそこそこ太い。が、荒川はそれ以上だった。

川。ちょっとそそられた。

村にも片品川があるが、言ってみれば渓流。そもそも群馬県には海がないので、広大な下流みたいなものもないのだ。

その代わり、村にはスキー場がある。尾瀬ヶ原も尾瀬沼もある。鉄道路線はないが、日本ロマンチック街道が通ってる。ついでに言うと、奥利根ゆけむり街道も通ってる。

日本ロマンチック街道は、長野県上田市から栃木県日光市までの観光ルートだ。ドイツのロマンチック街道からきてる。近辺の自然環境がドイツのそれに似てるらしい。ロマンチック街道といっても、そうロマンチックではない。ただの田舎（いなか）道。

奥利根ゆけむり街道は、利根・沼田（ぬまた）地域の観光周遊ルートだ。『えとうや』もその近くにあった。ゆけむり街道といっても、殺人は起きない。事件を温泉宿の女将（おかみ）が推理したりもしない。

でも、いいところだ。春や夏の尾瀬は本当に気持ちがいいし、秋は紅葉が楽しめ、冬はスキーが楽しめる。四季の変化を楽しむにはもってこいの場所だと思う。

ただ、自然を楽しめる場所の宿命として、人口は少ない。僕が行った県立高校も、一学年二クラスしかなかった。

高校は楽しかった。生徒が少ないので、部の数も部員の数も少なかった。運動部は、他校との連合チームを組んだり、よその部から人を借りて大会に出たりしてた。土地柄、スキー部もあった。珍しく弓道部もあった。

僕自身はソフトテニス部にいた。正直、打ちこんでたとは言えない。本当は陸上部に入りたかったが、なかったのだ。ならばせめて個人競技をということで、ソフトテニス部に入った。ソフトテニスはダブルスが主流であることは、入ってから知った。

ペアを組んだのは、漆畑実通（うるしばたさねみち）くん。この漆畑くんは僕よりもずっとうまかった。組んだばかりのころは、漆畑くんが得点を稼ぎ、僕が相手に得点を与える、という感じだった。だから少しがんばった。そうはならないように。

漆畑くんは進学せず、沼田市にある木材加工会社に就職した。在学中からカノジョがいた。同じクラスにして同じソフトテニス部の生沼紗弥さんだ。生沼さんは前橋にある美容の専門学校に行った。二人は卒業後も付き合いつづけたが、数ヵ月で別れたという。

村に残るか村から出るか。多くが高三でその選択を迫られる。残るのは、多聞のように、家が農業や商売をやってる人たち。就職するとなれば、やはり出ることを選ばざるを得ない。

じいちゃんの言葉にしたがって、僕は東京に出た。そのうち何か見つかるだろうと思い、アルバイトをした。ただし普通自動車免許はすぐにとった。いずれ就職するにしてもそれは必要になるだろうと考えたからだ。

高校生のころは、東京のことはほとんど何も知らなかった。名前を知ってたのは、新宿と渋谷と六本木と秋葉原ぐらい。どこも、住む町という印象はなかった。

だからアパートを決める際は、摂司さんに相談した。摂司さんは東京の大学に行ったのだ。そして村に帰り、役場の職員になった。Uターン就職というあれだ。東京は楽しかったが、四年住んでもう充分、と思ったらしい。

おれが東京にいたのは三十年以上前だからなぁ、と摂司さんは言った。二十三区でも、端のほうなら家賃はそんなに高くないんじゃないか？　足立区とか江戸川区とか。

江戸川区、というのにぴんと来た。その名であるからには、江戸川という川があるにちがいない。区の名前であるからには、それなりの川であるにちがいない。

で、地図上に、その江戸川以上に太い荒川を見つけたわけだ。

そのもの荒川区もあるのだとわかった。でもその荒川はあくまでも地名で、実は荒川は荒川区を流れてないこともわかった。流れるどころか、かすめてもいないのだ。

ならばと江戸川区に決めた。江戸川寄りでなく、荒川寄り。

江戸川区は、旧江戸川と江戸川、そして荒川に挟まれてる。荒川の西も少しだけ江戸川区。その部分は荒川と旧中川に挟まれ、島のようになってる。平井と小松川だ。

平井にはＪＲ総武線の平井駅があり、小松川には都営新宿線の東大島駅がある。都営新宿線というからには新宿に向かうのだろう。そちらのほうが便利かと思った。

調べてみると、ＪＲの平井駅からでも、総武線一本で新宿に行けることがわかった。途中で秋葉原を通ることもわかった。平井には総武線快速も通ってる。通るだけ。停まってはくれない。快速は線路自体が別。将来的に停まってくれる可能性もなさそうだ。

でもその分家賃が少し安い。駅から十五分も歩けば、さらに安くなる。その十五分で荒川に出られるのだ。

ということで、荒川のすぐ近く、荒川沿いと言っても過言ではない筧ハイツに決めた。

が、いざ来てみると、川は見えなかった。近いのに、見えなかった。その辺りはいわゆる海抜ゼロメートル地帯で、水面よりも土地のほうが低い位置にあるのだ。だから川沿いにはずっと堤防がある。所々に設けられた階段を上ってようやく河川敷に出られる、という仕組みだ。

その河川敷は広い。ムチャクチャ広い。遊水地とか何とかで、水が溢れたときのために広くとってるらしい。そこには野球場がいくつもある。ソフトボール場も少年野球場もある。内野の部分だけが土で、あとは芝。バックネットも整備されてる。JR総武線の高架をくぐって上流のほうへ行くと、少年サッカー場もある。

対岸には、首都高速中央環状線なるものが通ってる。高速道路の高架だ。でも荒川が太いので、そこまでの距離はかなりある。高架を走る車は豆粒以下。スピードを出してるはずなのに、ゆっくり歩いてるてんとう虫みたいに見える。

河川敷の道路もまた整備されてる。土手の上にも川に近い側にも舗装道がある。そこを歩いたり走ったりする人たちはたくさんいる。土日にはその数が増える。

尾瀬の辺りとはちがう。文字どおりの自然、とは言えないだろう。でもごみごみした住宅地から河川敷に出ると、一気に視界が開けて気分はいい。あまりにもいいので、僕自身、たまにそこを走るようになった。海のほうへ行き、戻ってくるのだ。やってみて、これはいいな、と思った。尾瀬ヶ原の木道は、そんなに速くは走れなかったから。

不動産屋との契約には、じいちゃんの代理として、摂司さんが立ち会ってくれた。そういうことはよくわからないから頼む、とじいちゃんに言われ、おれも久しぶりに秋葉原に行きたいから、と出てきてくれたのだ。

摂司さんも、アパートから川が見えないことに驚きはしたが、河川敷に出ると声を上げた。おぉ、これはいいな。そして紀介さんに見せると言い、スマホで何枚も写真を撮った。僕も撮ったが、じいちゃんには送れないのだ。じいちゃんはガラケーを持ってるものの、メールはやらないから。

摂司さんは僕と一緒に土曜日に出てきた。まずは上り電車に乗ってるあいだに、今後僕が役所でどんな手続きをすればいいか教えてくれた。不動産屋との契約をすませると、大家さんにあいさつもしてくれた。そして錦糸町（きんしちょう）のホテルに一泊し、日曜日に村へと帰っていった。秋葉原に寄る時間はなかったのではないかと僕は思ってる。

鎌塚摂司さん。片品村役場総務課の職員。本当に親切な人だ。両親を亡くした僕のことも、今は一人で暮らすじいちゃんのことも、常に気にかけてくれる。

入居の際にあいさつをしたので、僕も当時のお隣さんと下の得三さんのことだけは知ってた。数年後には、自分が住むB棟だけでなく、A棟の人のことまで知った。A一〇二号室に住む井川幹太（いがわかんた）さんだ。

東京に出た僕は、コンビニでアルバイトをした。世界を、というか町を知るにはまずコンビニから、と思ったのだ。

アルバイト、と考えて最初に頭に浮かんだのがそれだった。高校を出たての十八歳なんてそんなものだ。コンビニがない村にいた僕でさえ、そう。そこまでコンビニは普及してるのだ。村には普及してなくても、人の意識には浸透してる。ほかに浮かんだのは、ハンバーガー屋に牛丼屋。あとは警備に掃除。ならコンビニだろうと思った。アパートからも近い。狭い範囲にいくつもある。

歩いて七分のところにあるコンビニに採用してもらった。週五でやりたいと言ったら、すぐ決まった。

そこで三年働き、四年めに井川さんが入ってきた。それが去年の四月だ。僕より四歳上だが、新人。もちろん、敬語で話した。井川さんも、タメ口交じりの敬語で話してくれた。

初めの一週間は気づかなかった。仕事を教えるうちに、井川さんも僕もアパートが店から近いという話になって、気づいた。

「井川さんも近いんですよね？」

「うん。荒川の近く。近くも近く。堤防の道沿い」

「僕もそうですよ」

「へぇ。どの辺り？」

「高校の近くです。裏と言ってもいいです」

「え、おれも。何、どこ?」

「寛ハイツです」

「うわ、同じ」

「ほんとですか?」

「おれ、A棟」

「僕はBです」

「そうだったのか。毎日同じとこに帰ってたわけだ」

引越バイトも、実はこの井川さんから聞いて知った。井川さんが大学時代にそのバイトをしたことがあったのだ。大学の夏休みや春休みの短期。当時、寛ハイツには井川さんと同じ大学の学生が何人かいた。その人たちと一緒にやったらしい。

引越か。悪くないかもな。と思った。やってみたくなった。動きたい。体を動かしたい。初めてその欲求と仕事が結びついた。引越のアルバイト。日雇いの荷物運び。突きつめれば、歩荷と同じだろう。

と、まあ、そんな経緯で、僕は引越のバイトをしてる。毎日、支店からの帰りにスーパーに寄り、割引弁当を買ってる。東京でどうにか、寝て、起きて、働き、食べてる。

そんな僕を見て、じいちゃんは何と言うかな。

3

七月も下旬になると、学生バイトが増える。学校が夏休みに入るからだ。

かつての井川さんのような大学生もいる。高校生もいる。高校生にしてみれば、日雇いバイトはありがたい存在だろう。学期中に定期的なバイトをするのはなかなか難しい。家計が苦しいなどの理由がなければ、学校も許可しないだろうから。

ただ、この日雇いバイトなら別。もちろん、学校も進んで許可はしない。でも生徒が夏休みにそれをしたと知ったところで、まさか停学にはしないだろう。積極的に取り締まりもしないだろう。

高校生も、学校に許可を求めはしない。黙ってやってしまう。許可を得ましたか？　と会社に訊かれても、得ました、と答えてしまうはずだ。僕だって、村に引越会社があれば、夏休みにバイトをしたかもしれない。

で、よく来る高校生たちは、何となく顔と名前を覚えてしまう。仕事が終わったあとも休憩所で長々と話したりしてるから。社員さんの悪口を言ったりもしてるから。

休憩所は事務所の二階、隅にある。テーブルと長イスがいくつか置かれただけの部屋だ。たばこは吸えない。喫煙スペースは別。通路にある値段が安めの自販機で飲みものを買い、休む。そんなふうに利用される。

仕事を終えた僕が入っていくと、そこには四人がいた。一人は野崎。あとの三人は高校生。覚えてしまった名前で言うと。天谷(あまや)と西(にし)と桐山(きりやま)。

今日、僕は野崎と一緒ではなかった。一緒だったのは、高校生のうちの一人、桐山。先に戻ってきた天谷と西が桐山を待ってたのだと思う。高校生にはありがちなことだ。一緒にバイトをしてるなら一緒に帰る。たとえ現場はちがっても、仕事を終えたら合流する。つるむ。

その三人が同じ現場になることはない。経験のない三人を会社が組ませたりはしない。皆、現場も組む相手も別。だから支店に戻ってくる時間もまちまち。でもそこは高校生。ＬＩＮＥで連絡をとり合ったりはする。隠れてでもする。仕事ダリ〜、とか、今日の社員ウゼ〜、とか。

三人のなかでは天谷がリーダー格らしい。休憩所で見てるだけでそれはわかった。一週間もいらない。二、三日見てれば、そのくらいのことはわかる。

今日は桐山と一緒だったが、昨日は天谷と一緒だった。野崎は、昨日が西で、今日が天谷。最近、僕が野崎と組むことはあまりない。バイトを一年もやれば、ベテラン扱いになる。ベテランは、新人と組まされることが多いのだ。社員さん一人で新人二人を見るのは大変だから。

今日も僕自身、押しつけにならない程度の大ざっぱな指示は出した。じゃあ、これね。次はあれね。といった具合に。桐山は、はい、と返事をした。

昨日の天谷は半々。はい、と言わないこともあった。反応はした。へいへいとばかり、微かにうなずくのだ。わかるかわからないか程度に。

一度、社員の隈部さんにもそれをやって、怒られた。指示を受けたら返事はしろ、伝わったかわかんないから、と。普段は穏やかな隈部さんも、言うときは言うのだ。誰か一人でも動かないと、現場はまわらないから。

それからは天谷も、何か言われるたびに、はい、と返事をした。今度はし過ぎるぐらい。むしろ挑発的な感じに。隈部さんもそれには何も言わなかった。というか、軽く受け流した。

野崎からも高校生三人からも離れたところに座り、買ってきたポカリスエットを飲む。まずはゴクゴクと。四口ほど。

七月末。梅雨は明け、夏も夏。仕事のあとのポカリは本当にうまいのだ。お茶ではもの足りない。汗として体の外に出た塩分を、そして糖分を、体が欲してるのだと思う。

天谷のこんな声が聞こえてくる。

「昨日の隈部もウザかったけど、今日の塙(はなわ)は最悪だよ。重ぇのは全部おれにまわすしよ。そんで遅(おせ)ぇとか言いやがるしよ」

隈部に塙。呼び捨て。大した意味はない。高校の教師を呼び捨てにするのと同じ感覚だろう。野崎も僕も、陰ではそうされてるはずだ。もしかしたら、名前で呼ばれてさえいないかもしれない。野崎は、茶髪、で、僕は、デカいの、とか。

桐山が僕をチラチラ見る。西は野崎をチラチラ見る。ひやひやしてるのだ。天谷が僕らの前で社員さんの悪口を言うから。僕らが社員さんに何か言うのではないかと思って。そんなことするわけないのに。たかが高校生のことをそこまで気にかけるわけもないのに。もちろん、天谷もわざとやってる。あえてやってるのだ。おれは歳上のやつらにもナメられねえよ、というわけで。ナメるわけないのに。ナメるほど興味があるわけもないのに。

天谷と西は、近くのコンビニで買ったらしい菓子パンを食べてる。

「高校生にエラソーにするとか、マジでみっともねえよな。ただの引越屋だろうがよ。そう思わね?」

西と桐山は、「あぁ」とか「まあ」とか、ごにょごにょ言う。ただの引越屋。そのなかにはバイトの野崎や僕も含まれる。だからビクビクしてるのだろう。

天谷の言うことをすべて否定するつもりはない。塙さんは、確かにきつい。言葉もきついし、当たりもきつい。バイトには期待してないという感じを、初めから出してくる。新人のうちはこたえるだろう。

「じゃ、行くか」と天谷がイスから立ち上がる。

ほっとした様子で、西と桐山が続く。

「あー、明日は休みだから楽だ。ラーメン食ってこうぜ。家系の。ギトギトの」

天谷たちはそのまま休憩所から出て行こうとする。そのまま。菓子パンの空き袋やレジ袋や空きペットボトルをテーブルに残して。

昨日もそうだった。僕は休んでたから知らないが、一昨日(おととい)もそうだったかもしれない。たぶん、そうだったろう。

「あのさ」と天谷たちの背中に向けて言う。

天谷と桐山がこちらを見る。が、応えずに行こうとする。無視したわけではない。自分たちが言われたと思ってないのだ。

だから続ける。

「ねぇ」

三人が立ち止まり、僕を見る。

「あ?」と天谷。

「ごみは、片づけな」

「何?」

「ごみはさ、ごみ箱に捨てな」

天谷がほかの二人を見てから言う。

「それはここのやつがやんでしょ。最後に掃除とかすんでしょ」

「だとしても、自分で捨てな」

「そんなのあんたに言われることじゃねえし。もう仕事終わってんの。関係ねえだろ」

まあ、関係はない。言うことは言った。こちらの意思は伝えた。聞き入れないならしかたない。それは彼らの問題だ。

「行こうぜ」と天谷が西と桐山に言う。

さっきまで現場で僕と一緒だった桐山は、かなり気まずそうな顔をしてる。天谷がそうするから自分もペットボトルを残していくが、本当は捨てたいのだ。桐山一人なら、初めから捨てる。

もうそれ以上は言わない。僕も、もめたいわけではないのだ。

が。

「おい」とほかのところから三人に声がかかる。

野崎だ。

「あ？」と再び天谷が言う。

「捨ててけよ。テーブルにごみが残ってっと、あとから来たときに気分がわりぃ」

その強い言葉にちょっと驚く。僕だけでなく、三人も。

「いつもおれたちが残してるわけじゃねえよ」と天谷。

「それは知らねえ。おれが言ってんのは今だよ。今、残してんだろうがよ。残されてくのも、気分はわりぃんだよ」

「関係はねえだろ」

「関係はねえよ。お前らなんかと関係は持ちたくねえ。そうやって、つまんねえことで人の目を引こうとすんじゃねえよ。邪魔くせえ」

天谷もあとには引けなくなる。気圧されつつ、言い返す。

「何なんだよ」

野崎はペプシを一口飲み、ペットボトルをテーブルに置いて、言う。

「アホでもわかる。どう考えても正しいことを言ってんのはこっちだよな。こっちが善。そっちが悪。ケンカしてもいいぞ。先に手を出せよ。ボッコボコにしてやっから。最高だな。いいもんが悪もんをボッコボコ。おれ、表彰されっかもな。ここの支店長に」

ここの支店長。確か、御子柴さん。昔は現場作業をしてた感じの、がっちりした人だ。ほとんど話したことはないが、支店内ですれちがえば、ごくろうさん、と声をかけてくれる。でも高校生をボッコボコにしたところで、表彰はしないだろう。

天谷は何も言わない。ただ野崎を睨んでる。三人なら勝てるだろうか、と考えてるのかもしれない。でなければ。西と桐山はちゃんと自分に加勢するだろうか、と考えてるのかもしれない。

チッとかなり大きな舌打ちをして、天谷がゆっくりとテーブルに戻る。菓子パンの空き袋をレジ袋に入れ、空きペットボトルをひっつかむ。といっても、自分のだけ。西と桐山も続く。

そして三人は、袋類を燃えるごみの箱に入れ、ペットボトルも専用の箱に入れる。そこはきちんと分ける。これ以上は何も言われたくないからだろう。

最後に天谷が言う。

「マジウゼ～」

捨てゼリフのつもりだったのだろうが、捨てるのを野崎が許すのはごみだけ。セリフは捨てさせない。

「おい、ガキ」とさらに言う。

それで帰れると思ってた天谷は、あわてつつも、やはり言い返す。

「何だよ」

「ウゼえのはてめえだよ。あのな、悪口を言うなとは言わねえよ。けど、言うなら聞こえねえように言え。そんなクソみてえなことを仕事終わりに聞かされんのも気分がわりぃんだよ。あと、もう一つ。一人じゃ何もできねえくせに仲間がいると思って調子に乗んじゃねえ。ついでにもう一つ。歳上には敬語をつかえ」

「うるせえな」と天谷が言う。さっきよりは小さな声で。

「うるせえように言ってんだよ。お前らは、もっとうるせえかんな。仕事終わって疲れてんだから、ペプシぐらい静かなとこで飲ませろよ」

天谷が何か言おうとするが、言葉は出ない。

野崎が続ける。

「ほら、もういいよ。帰れ。ごみを自分で捨ててくれてありがとうございました。けど次捨てなかったらぶっ飛ばす。じゃあな。おつかれ」

天谷はもう一度舌打ちをして、休憩所から出ていく。西と桐山も続く。あとの二人は、続いてばかりいる。

野崎と二人、休憩所に残される。言う。

「どうも」

「何が？」

「えーと、たすけてくれて」

「たすけてねえよ。つーか、たすけなんていらないだろ。そんなにデカいんだから、あんなやつらに負けねえよ。三人同時でも楽勝だろ」

「いや、それは━」

「だって、力、強えじゃん。今度一緒になったら、冷蔵庫とかタンスとか、一人で持ってくれよ。おれは横にいて力を入れてるふりだけすっから」

「一人では持てないよ。手がまわらない」

野崎は声を出して笑い、ペプシを飲んで言う。

「手がまわったら持てんのかよ」

どうだろう。手がまわりさえすれば、持てるかもしれない。でもどうにかまわるくらいではバランスがとれないか。それで階段を上るのは無理。全盛期のじいちゃんならどうだろう。あんなふうに体積があるものも背負って歩けるだろうか。

「あいつらさ」と野崎が言う。「どうせ頭わりぃ学校なんだろうな」

「どう、だろう」

「つっても、おれが行ってたとこよりはましだろうけど」

「そうなの？」

「まちがいねえよ。おれが行ってたとこより下を探すのは、マジ大変」

そう言われても、どう返していいかわからない。だからこんなことを言う。

「ぶっ飛ばさないほうが、いいと思うよ」

「ん？」

「次ごみを捨てなくても。捨てないことは、もうないだろうけど」

「あぁ」

「ぶっ飛ばしたら、自分がクビになっちゃうし」

「悪もんをぶっ飛ばしても？」

「たぶん。ごみをテーブルに残していく程度だと、大した悪者だとは判断されないだろうから」

「それは悪もんじゃねえの？」

「いや、悪者は悪者だけど。殴(なぐ)ったほうがもっと悪者にされちゃうでしょ」

「そっか。まあ、そうだな」

ポカリを一口飲み、ペットボトルのキャップを閉める。残りは半分。それはこのあとスーパーに行くあいだに飲むことにする。で、割引弁当を買い、帰宅。今日はミックスフライ弁当が残ってないだろうか。あれはなかなか人気が高いらしく、この時間まで生き残り、割引仲間に入ってくれることは少ないのだ。

「じゃあ、帰るよ」と立ち上がる。

「おれも帰るわ」と野崎も立ち上がる。「こう暑いとさ、ついつい長く休んじゃうよな。一回座ると立つのが億劫(おっくう)になる。エアコンが利(き)いた部屋から出たくなくなる」

「そうだね」

野崎と二人、休憩所を出て階段を下りる。

「おっ」と野崎が言う。

一階の事務所から社員の狭間ゆず穂さんが出てくるのが見える。歳は僕と同じか少し上ぐらい。日払いの給料をいつも僕らに渡してくれる人だ。

ゆず穂さんは事務所を出て、右へ向かう。方向からして、ＪＲの亀戸駅へ向かうのだろう。

階段を下りきり、僕らも続いて事務所を出る。

じゃあ、と言いかけたところで、野崎が言う。僕にではなく、先を行くゆず穂さんに。

「おつかれ」

ゆず穂さんは振り向き、立ち止まる。

「あぁ。おつかれさま」

僕は頭を下げるだけだが、野崎は二、三歩そちらへ寄る。

じゃあ、とまた言いかけたところで、野崎が言う。やはり僕にではなく、ゆず穂さんに。

「なあ。おれと付き合ってくんない？」

えっ？

それには驚いてしまう。僕も。たぶん、ゆず穂さんも。

このあと付き合ってくんない？　という意味ではないように聞こえる。交際してください、の意味、すなわち告白に聞こえる。階段でのさっきのあれは、おっ、見っけ！　の、おっ、だったらしい。

だとしても。いきなり？　僕もいるのに？

道路に白線で書かれた、止まれ。ゆず穂さんは、ま、の上。野崎は、止、の上にいる。僕は野崎の後ろ、停止線を挟んですぐの辺りだ。支店の敷地外だが、すぐ右には事務所の建物がある。

「また？」とゆず穂さんが言う。

それにも僕は、えっ？　となる。また。よくわからない。

野崎が説明する。これまた僕にではなく、ゆず穂さんに。

「そりゃ好きなんだから、チャンスがあれば何度でも言うよ」

「チャンスというほどのものではないじゃない」とゆず穂さん。「帰りが一緒になっただけでしょ」

野崎はしれっと言う。

「いや、それはチャンスでしょ。いつも帰りが一緒になるとは限らねえし」

つまりそういうこと。野崎はこれまでに何度もゆず穂さんに告白をしてるということ。そしておそらくは断られてるということ。でもめげずにまた告白したということ。

「だとしてもさぁ」とゆず穂さんは言う。「ちょっとスパンが短すぎ。前回がいつだったか、覚えてる？」

「えーと、一週間ぐらい前？」

「五日前」

「五日か。惜しい。ほぼ一週間じゃん」

「どっちにしても、短いよ。それで一度リセットしたことにはならないでしょ」

「いや、おれのなかでは、なってんだけど」

「わたしのなかではなってない」

「断られたその瞬間がもう、次のスタートだし」

「立ち直りが早いよ。まずは落ちこみなさいよ」

ゆず穂さんは怒ってる感じではない。あきれてる感じだ。相手にしてない、のかもしれない。

「今日もダメ？」と野崎。

「申し訳ないけど」とゆず穂さん。

「了解」

「何よ、それ」

「じゃ、帰るわ。おつかれ」

「おつかれさま」そしてゆず穂さんは野崎越しに僕に言う。「江藤くんもおつかれさま。またよろしく」

「おつかれさまです」と僕。

ゆず穂さんは僕らに軽く手を振って、歩きだす。

野崎はしばらくその後ろ姿を見送ってから振り返り、言う。

「残念。またダメだよ」

「またなんだ？」

「ああ。五回めかな、告白すんのは。いや、六回めか。慣れちった、フラれんのに」

気になったことを、つい訊いてしまう。

「初めから今日告白するつもりでいたの？」

「いや。見かけたから、こりゃいいと思って。さすがに事務所で金もらうときに言うわけにはいかねえから。向こうがいいなら、おれはそれでもいいけど」

「向こうは、よくないだろうね」

「ああ。だからこうやって外で」

「にしても、事務所と近すぎない？」

「だって、あとつけたらストーカーだろ」

「せめてもう少し離れてからでも」

「いやいや。鉄は熱いうちに打たねえと」

わかるようでわからない。わからないようでわかる。例えが少し的を外れてる。

「どっち?」と野崎に訊かれる。

「え?」

「家」

「あぁ。こっち」

「おれはそっち。じゃあ」

「うん。じゃあ」

野崎はそっちへ歩いていく。丁字路。丁の下に行ったのがゆず穂さん。左に行くのが僕。右に行くのが野崎。

野崎がゆず穂さんを見送ったように、僕もしばし野崎を見送ってしまう。あっさりしてる。とてもフラれた直後とは思えない。六回もフラれれば慣れるのか。それにしても、六回。チャレンジに次ぐチャレンジ。感心する。

振り返り、平井への道を歩きだす。ペットボトルのキャップを開け、ポカリを一口飲む。

今日はあるといいな。割引ミックスフライ弁当。

4

村ではエアコンは要らなかった。冬は寒いが、夏は涼しいので。

東京は暑い。まさかここまで暑いとは思わなかった。人も建物も密集してるので、余計にそう感じられるのかもしれない。

だからエアコンはつける。が、できればつけたくない。窓を開けることで部屋に風を入れたい。川が近いからもう少し風が吹くかと思ったが、そうでもない。堤防に遮られるのか、風はあまり吹かない。

アパートの二階からでも、川は見えない。堤防が見えるのみ。まあ、その上の空が見えるからよしとする。

休みの日、というかバイトを入れない日は、こうして窓辺に座り、外を見ることが多い。そのあいだは網戸にもせず、ガラリと窓を開ける。近くに木々がないからか、虫もそんなには入ってこない。一番近くにある木は、高校の校庭に植えられたそれだろう。たまに聞こえる蝉の声は、そこからのものかもしれない。

最近は、ここでただぼーっと外を眺めるだけでなく、本を読むようになった。これは東京に来てからついた習慣だ。きっかけはやはり井川さん。

高校の隣に区立の図書館がある。知ってたが、意識してはいなかった。あるとき、アパートの前でばったり会った井川さんが、図書館に行ってきたのだと言った。聞けば。本は一人十冊まで借りられるという。タダだからとてもいいという。それで興味を持った。本にというよりは、まずタダという部分に。

東京は確かに便利だが、何をするにもお金がかかる。お金を出せば何でもできますよ。でも出さなければ何もできませんよ。常にそう言われてるように感じる。村には図書館がなかったから、それを利用する習慣がなかった。小中高でも、読書感想文を書かされるとき以外、本は読まなかった。タダで借りられるなら読んでみようか、と思った。

コンビニで井川さんと一緒に働いたのは、実質二ヵ月。すでに僕は引越バイトに移ってたので、同じ敷地に住んでるとはいえ、そう会うこともなくなってた。でも井川さんが帰ってくる時間は知ってたから、そこを狙って外に出た。そしてまんまと会い、図書館の利用法を尋ねた。利用法も何も、身分証を見せてカードをつくるだけだよ、と言われた。カードはその場ででき、その日から十冊借りられるらしい。

小説家なんて夏目漱石と村上春樹ぐらいしか知らないので、何を読めばいいかも尋ねてみた。何でもいいと思うよ、と言われた。それこそ夏目漱石と村上春樹でもいいだろうし。ただ、僕にはちょっと難しそうな気がしたため、井川さんが何を読むかまで尋ね、横尾成吾という作家を教えてもらった。くだけた感じで読みやすいよ。書いてるのも身近なこと。ちっとも難しくない。

横尾成吾の本を借りてみた。デビュー作の『脇家族(わきかぞく)』というものだ。父と母と兄と妹。それぞれがそれぞれの居場所で脇役に甘んじてる家族の話。確かに読みやすく、おもしろかった。小説をおもしろいと思えるその感覚が新鮮だった。

以後、ちょくちょく本を借りるようになった。井川さんは一度に十冊借りたりもするらしいが、貸出期間の二週間で十冊など読めるはずもないので、僕は一冊か二冊にした。

夏目漱石と村上春樹と横尾成吾以外は知らないのだから選ぶのも大変だが、選ぶこと自体の楽しみもあるのだと知った。あ行の作家の棚から順にまわり、本のタイトルや装丁の感じで気になったものを手にとるのだ。それだけで時間はつぶれた。何だかんだで一時間そうしてることもあった。

で、今はこうして窓辺に座り、『三年兄妹(さんねんきょうだい)』を読んでる。横尾成吾の二冊めだ。父と母の連れ子同士として兄妹になったが、その父と母がまた離婚したため結局は兄妹でなくなった同い歳の男女の話。つまり、三年だけ兄妹だった男女の話。

世の中にはそんなこともあるのかもなぁ、と思いつつ読んでると。

下の駐車場から声が聞こえてきた。いつの間にか、子どもたちがいたのだ。

見れば。君島彩美ちゃんと、戸田(とだ)家の姉弟。確か、朱奈(あかな)ちゃんと風斗(ふうと)くん。井川さんの上、A二〇二号室に住むのが戸田愛斗(あいと)さんで、二人はその子どもだ。A棟はワンルームだから、住んでるわけではない。たまに遊びに来るのだ、父親のところへ。

何故別々に暮らしてるのか、そこまでは知らない。僕も訊かないし、井川さんも言わない。たぶん、いろいろと事情があるのだろう。三年兄妹のように。

その朱奈ちゃんと颪斗くんが、たまに彩美ちゃんと遊ぶようになった。二人はまだ小学校に上がる前。彩美ちゃんは小学生。だから彩美ちゃんがお姉ちゃんとして二人と遊んであげてる感じだ。今も駐車場の空きスペースに三人でしゃがんでる。颪斗くんがミニカーか何かで遊び、彩美ちゃんと朱奈ちゃんは話をしながらそれを見てる。

開け放った窓のところにいるので、僕の姿はまちがいなく見られてる。何も言わないのも変だよなぁ、と思い、言う。二階から、彩美ちゃんに。

「こんにちは」

三人が一斉にこちらを見る。

「こんにちは」と言うのが朱奈ちゃんで、

「こんちゃ〜」となるのが颪斗くん。

肝心の彩美ちゃんは、いつものように反応するだけだ。軽く頭を下げる、というか揺らす。目はすぐにそらしてしまう。そしてすぐに立ち上がり、ススッと歩き去る。

階段を上る音に次いでドアを開け閉めする音が聞こえてくるので、家に戻ったのだとわかる。声をかけるべきじゃなかったな、と少し後悔する。ゴキの件で会ったときも、彩美ちゃんはあんな感じだった。人見知りするタイプなのかもしれない。要するに僕と同じだ。

僕も子どものころはそうだった。特に大人に対しては。両親を早くに亡くしたから、その世代の人と密に接する機会がなかったのだ。今だって、人見知りでないとは言えない。親しくなれば話すが、そうなるのに時間がかかる。コンビニのバイトを経験したことで誰とでも話せるようにはなったが、自分から誰にでも話しかけられるようになったわけではない。

ドアを開け閉めする音に次いで階段を下りる音が聞こえ、彩美ちゃんが戻ってくる。安心した。声をかけられて逃げた、というわけではないらしい。

それから読書に戻り、血のつながりはないのに元兄妹でしかも同い歳というのはすごいよなぁ、と思いつつ、それにしても東京は暑いよなぁ、とも思ってると。

ウィンウォーン、とインタホンのチャイムが鳴った。

誰か階段を上ってきたか？　読書に夢中で気づかなかったのか？

窓辺のイスから立ち上がり、本をミニテーブルに置いた。インタホンの受話器を耳に当て、言う。

「はい」

「こんにちは。隣の君島です」

「あ、こんにちは」

「あの、ちょっとよろしいですか？」

「はい」

受話器を戻し、サンダルをつっかけて、玄関のドアを開ける。外には敦美さんがいる。

「どうも」

「突然すいません。今日はお休みですか？」

「はい」

「よかった。彩美が、いらっしゃるみたいだと言うので」

「あぁ」

そうか。彩美ちゃん、隣は在宅の模様、と敦美さんに伝えに行ったわけだ。

敦美さんは両手で持ったタッパーウェアをこちらに差しだして、言う。

「これ、こないだのお礼です」

「え？」

「あの、退治していただいた」

「あぁ」ゴキ、と言いそうになって、とどまる。その言葉を出す必要はない。

「もしよかったら食べてください。こんなときの定番、肉じゃがです。お嫌いってことは、ないですよね？」

「ないです」

「昨日今日食べたりも、してないですよね？」

「してないです」

「そうですか。よかった。じゃあ、どうぞ」

「いいんですか？」

「はい」

タッパーウェアを受けとる。十五センチ四方。ずしりと重い。じゃがいも、入ってます。そんな手応えがある。

「お礼が遅くなって、ごめんなさい」

「いえ」

「買ったものをお渡しするのもどうかと思って。つくりました」

「でもゴキを退治しただけなのに」と結局言ってしまう。その言葉を出してしまう。

「だけじゃないですよ。たすかりました。彩美とわたしは、本当にダメなので。だから部屋は二階にしたんですよ。二階は一階よりは出ないと聞いてたから。幸い、あれからはもう出てません。でもずっとビクビクしてますよ。いつ出るんじゃないかって」

「じゃあ、言ってもらえれば、また退治しますよ」

「ほんとですか？」

「はい。えーと、そちらがよろしければ」

「いいも悪いもないですよ。ぜひお願いしたいです。スプレーを噴きかけるところまではできたとしても、そのあと、つかむ自信はないので」

「そこまでやってもらえれば、僕がつかみますよ。またウチのトイレに流します」

「いいんですか?」

「はい」

「何か、そのお願いをするために肉じゃがを持ってきたみたい。でもうれしいです。彩美も喜びます。なるべく自分でどうにかしますけど、どうしても無理となったら、そのときはお願いします」

「どうしても無理でなくても、言ってください。部屋にいれば行きますから。夜ならいますし。あれも、昼はそんなに出ないですよね?」

「どうなんでしょう。昼はわたしたちのほうがいないことも多いので、気づかないだけかも」

「あぁ。そうですね」

「見なくてすむのはうれしいけど。いないうちに出てるとしたら、それはそれでいやですね」と敦美さんは笑う。

その顔を見て、つい言ってしまう。

「メガネ、かけてるんですね」

「あ、はい。家ではかけてます。出かけるときはコンタクト。こないだは、そうか、かけてませんでしたね」

「はい」

「コンタクトは割高だからずっとメガネでもいいかと最近は思ってるんですけど」そして敦美さんは言う。「江藤さんは、大きいですね。百八十センチ以上、ですよね？」

「百八十七です」

「何かスポーツをやられてるんですか？」

「高校のときにソフトテニスを」

「あぁ。硬式ではないほう」

「はい」

「ラケットが小さく見えそう」

「よく言われました。お前が持つと卓球のラケットに見えるって。そんなわけないんですけど。テニスの選手には大きい人もいますし」

「外国の選手は、大きいですもんね」

「はい。でも僕がデカいのはテニスのせいじゃないです。もとからデカかったんですよ」

「うらやましい。わたしはあと五センチ、いえ、せめてあと二センチほしかったです。そうすれば百六十センチ台になれるので」

「無駄にデカいと大変ですよ」

「スーツとか、合うのがなさそうですね」

「スーツは、着ないからいいんですけど」

着ない。二十三歳にして、一度も着たことがない。黒のスーツを一着持ってはいるが、成人式のときも着なかった。というか、式には出なかったのだ。江戸川区に同い歳の友だちは一人もいなかったので。

「スーツを着なくていいお仕事、なんですか?」

「はい。引越屋です。あくまでもバイトで、社員ではないですけど」

「引越屋さん。ぴったりですね。重いもの、持てそう」

「毎日持ってます」

「わたしも社員ではないですよ。南砂町(みなみすなまち)で働いてます」

敦美さんは働いてる店の名前を挙げた。家具から生活雑貨まで何でも売ってる店だ。ベッドも布団もある。キッチン用品もトイレ用品もある。僕はまだ行ったことがないが、名前はよく聞く。

「都営バスで通ってます。距離的には近いんですけど、一度乗り換えるので、ちょっとめんどくさいんですよね」

「僕は、歩いて通ってますよ」

「近いんですか」

「二十五分です」

「でもちょうどいいです。体を動かしたいので」

「仕事でも動かしますよね？」

「はい」

「もっと動かすんですか？」

「そうですね。もっと動かしたいです」

言ってみて、思う。本当にそうなのだと。やはり僕は体を動かすのが好きなのだ。

「すいません。突然押しかけて、お話までしちゃって」

「いえ」

「お口に合うかわかりませんけど、食べてください」

「ありがとうございます。容器はあとで返します」

「すぐでなくていいですよ」

「じゃあ、いただきます」

「どうぞ。お邪魔しました」

敦美さんは頭を下げて、二〇二号室に戻る。ドアを開けてなかに入り、もう一度頭を下げて、ドアを閉める。ゆっくりと、静かに。

僕も同じことをする。頭を下げ、ドアを閉める。ゆっくりと、静かに。

5

天谷たちがバイトに来なくなるようなことはなかった。

天谷と西と桐山。三人とも来た。誰かが一人で来ることはなかったが、二人か三人では来た。

僕は天谷とは一度、桐山とは二度一緒になった。西とは一度も一緒にならなかった。その西はともかく、天谷とも桐山とも、特に話しはしなかった。現場で一緒になったらまずあいさつをし、指示も少し出す。いつもどおり。

三人がごみを残して帰ることはなくなった。少なくとも、僕の前ではそうだった。野崎の前でも同じだろう。僕らがいない日のことまでは知らない。まあ、ちゃんと捨ててると思う。野崎か僕がいれば捨てる。いなければ残す。それこそバカげてる。

三人とも、本当はあのままやめたかったのかもしれない。でもそこは意地だったのだろう。特に天谷の。それで来なくなったら負けになる。天谷ならそう考えるはずだ。たぶん、野崎でもそう考えるように。

何であれ、よかった。ごみはきちんと捨てられる。もめごともなし。

八月のお盆が過ぎたころには、また別の高校生も来た。

郡唯樹くん。天谷たちとは明らかにタイプがちがう子だ。まじめそうで、顔もいい。それこそコンビニでバイトでもすれば、あの子カッコいい、とSNSに書かれるかもしれない。

郡くんと初めて一緒になったのは、一件めがマンションからほかのマンションへの引越、という日だった。社員の隈部さんと僕、それぞれに郡くんはあいさつした。初めてなので迷惑をかけてしまうかもしれません。よろしくお願いします。

畔上敏寿さん一家。三人家族。その引越。家賃が高そうなマンションから、さらに高そうなマンションへ。搬出先と搬入先、どちらにもエレベーターがあったので、作業は楽だった。

で、その一件を手際よく片づけての昼休憩。

暑かったが、ほかにいい場所がなかったので、コンビニで弁当を買い、公園で食べた。郡くんもそうした。ベンチは別。僕が明太のり弁当を食べはじめると、郡くんが話しかけてきた。

「暑いですね」

「暑いね」

「どこが残暑なんですかね。まだ真夏ですよね、これ」

「うん」

「あの」

「ん？」

「もしかして、筧ハイツの人ですか？」

「え？」

驚いて箸を動かす手を止め、右隣のベンチに座る郡くんを見た。

郡くんは鶏そぼろごはんを食べてる。自分が働いていたコンビニの商品だから知ってる。三百円を切る安い弁当だ。高校生男子がそれで足りるのか。

「ぼく、筧ハイツの隣に住んでるんですよ」

「そうなの？」

「はい。正確には、隣の隣。筧さんの隣です。だから筧さんのことも知ってます。親が仲いいんで」

「あぁ。そうなんだ」

「もしかしたら筧ハイツの人なんじゃないかって、朝からずっと思ってました。というか、確信してました。アパートの前で何度も見かけてたし。見まちがいってこともないだろうなと」

「デカいからね」

「ですよね。百九十とか、あります？」

「そんなにはないよ。百八十七」

「それ以上に見えますね。細身だから、ですかね」

「そうかも」

「何か締まってますよね。力、ムチャクチャあるじゃないですか。驚きました。うわ、あのオーブンレンジを一人でいった！　って」

「あの大きさならいけるよ」

「ぼくもあのクラスを一人で持てって言われたらどうしようかと思いました」

「隈部さんは言わないよ。ほかの人なら、言うかもしれないけど」

「ゲッ。言われることもあるんですね」

「持てなかったら、持てないって言いな。無理はしなくていいよ。途中で落として壊すのが一番ダメだから」

「気をつけます。さっきのとこって、たぶん、どちらかといえば楽だったんですよね？　エレベーターがあったし」

「どちらかといわなくても楽だったよ。かなり楽」

「次のとこは、どうですか？」

「地獄」

「マジですか」

「搬入先が団地。エレベーターなし。五階まで階段」

「ゲゲッ」

女性。確か、反町希子さん。二間だが一人住まい。僕と同じだ。

「でもだいじょうぶだよ。重いものは必ず二人で運ぶから。隈部さんが、郡くんには軽めのものをまわすはずだし」

「やってみて思いましたけど。軽いものって、ほとんどなくないですか？」

「まあ、箱にはなるべくたくさん詰めこむからね」

「服とかでも、結構重いですよね」

「まとまればね」

「地獄かぁ」

「今日一日だけ、ではないでしょ？　バイト」

「ないつもりです。前からしたかったんですよ、バイトは。でもするには学校の許可が要るんで」

「これは、許可とったの？」

「とってないです」

「とらなくていいの？」

「よくないです。基本、マズいです。だから言わないでください」

「言うも何も。学校がどこか知らないし」

「筧ハイツの先のあれですよ」

「え、あそこなの？」

「はい」

「近いね」

「近いです。五分かかりません。雨でも傘いらずです」

「いい学校、なんだよね？」

井川さんがそんなことを言ってた。あそこは偏差値がかなり高い学校だと。

「そんなでもないですよ。ほんとのトップ校ではないです」

ということは、ほぼトップ校なのだろう。

「バイトは、一人？」と尋ねてみる。

「はい？」

「誰かと一緒に来てるの？」

「いえ、一人です。毎日お金をもらえるみたいだし、チャリで十分で行けるからいいなと思って。江藤さんもチャリですか？」

「いや、歩き」

「マジですか。すごい」

「すごくはないよ。チャリを持ってないだけ」

「持たないんですか？」

「うん。いらないかな。東京はさ、車はいらないし、チャリもいらないでしょ」

「チャリはいるような」

「何か走りにくそうじゃない。歩道は狭いし、車道はあぶないし」

「まあ、確かに」

「郡くんは、何年生？」

「二年です」

「三年なら、バイトはできないか」

「そんなこともないんじゃないですかね。とにかく、一度やってみようと思ったんですよ。高校生のうちにやっとこうって」

「お父さんもお母さんも反対しないんだ？　バイト」

「言ってないです」

「そうなの？」

「はい。住んでないんで」

「住んでない？」

「ぼくは一人暮らしなんですよ」

「一戸建て、だよね？」

「そうなんですけど、一人です。父親が北海道の支社に転勤になって、母親がついていったんですよ」

「郡くんを残して？」

「はい。母親、北海道で一度暮らしてみたかったらしくて。僕も賛成しました。一人も悪くないと思って」

「悪くはないかもしれないけど。いろいろ面倒でしょ」

「そうでもないですよ。すぐ慣れます。洗濯は洗濯機が乾燥まで全部自動でやってくれますし。掃除機をかけるのは、ちょっと面倒ですけど」

「掃除は自動のやつじゃないんだ？」

「それが役に立つほど広い家じゃないですから。フロ掃除にトイレ掃除まで自動でやってくれるなら導入を考えますけど」

「そこまでやってくれるようになったら、ちょっと怖いね」

「ですね」

　でもゴキ退治をしてくれる機器があれば、それは便利かもしれない。ゴキを追跡するわけだから、相当小さく相当俊敏なものにはなるだろうが。後処理まできちんとやってくれるのか、という問題も出てはくるが。

「何にしても」と郡くん。「まさかここで知り合いに会うとは思いませんでした」

「僕も」

「というか、知り合いではなかったわけですけど」

「うん」

「すいません、声かけちゃって」

「いや、いいよ。僕も、郡くんを知ってたら、声はかけてた」

　郡くんがスマホの画面を見て言う。

「あ、そろそろ時間ですよね。じゃあ、地獄に向かいます?」

「うん。向かおう。明日は筋肉痛地獄も待ってるよ」

「地獄だらけですね」

「だらけだね」

　郡くんと初めて一緒になった日、の数日後。僕は久しぶりに野崎とも一緒になった。

　その日の社員はうるさ型の塙さん。そんな希望が通るのかは知らないが、高校生とかめんどくせえからおれには経験者を二人まわして、などと塙さんが人の配置の担当者に頼んだのかもしれない。

余計な小言は聞き流し、余計な反論もせずに、一日の仕事を終えた。

無駄に受け止めるから無駄に疲弊してしまうのだと、これまでの経験ですでにわかってた。時には受け流すことも必要なのだ。立場のちがいというものはどうにもならないから。バイトが社員さんの上に立つことは、どう転んでもないから。

それでも、野崎はたまに言い返すことがあった。たまには塙さんが折れることもあった。見てよくわかった。野崎が三度言い返したときは、そのあとも絶対に譲らない。塙さんも理解したのだと思う。そうなったら自分が折れたほうが楽だと。

残業を終えて支店に戻ってきたのは午後七時すぎ。

八月も下旬。空はもう暗くなってる。さすがに疲れたので、休憩所で休んでいくつもりでいた。野崎も同じらしく、通路の自販機のところでも一緒になった。

順番は僕が先。ポカリを買うはずが、ペプシを買った。そして野崎に手渡した。

「はい」

「何？」

「ペプシ」

「それはわかるけど」

「こないだのお礼」

「お礼？　何の？」

「あのごみのときの」

「ごみ。あぁ、天谷たちのあれか」

「そう」

「だとしても、何でお礼？」

「たすけてくれたから」

「だからたすけたわけじゃねえよ。おれがムカついたから言っただけ。ああいうガキは、言わねえとわかんねえんだ。つーか、ほんとはわかってんだけど、ガツンとやられねえと、ついつい調子こくんだ。おれ自身がそうだったからよくわかる」

「そうだったんだ？」

「たいていのガキはそうだろ。調子こくために生きてるようなもんだよな」

「そう、かなぁ」

ガキは調子こくために生きてる。初めて聞く意見だ。言わんとすることはわかるが、賛成はしづらい。僕自身、早くに両親を亡くし、あまり調子をこけなかったこともあって。

自販機でポカリも買い、野崎とともに休憩所に入る。そこには誰もいない。二人きり。離れて座るのも妙なので、何となく向かい合わせに座る。正面ではない。ななめの位置。そうしたのは、あとから座った僕だ。こないだのお礼にペプシをおごる。でもそれだけ。

これを機に話をする。そんなつもりはなかった。そういうのは野崎もいやだろう。ここに来る人たちは、群れないのだ。高校生たちを除いて。

ただ、野崎はそんなこと自体を気にかけないらしく、普通に話してきた。

「じゃ、ゴチね」と言ってペプシをゴクゴク飲み、続ける。「おれ、マンユウ」

「え？」

「下の名前」

「あぁ。野崎、マンユウ？」

「そう」

さすがに訊いてしまう。

「どういう字？」

「一万二万の万に勇者の勇で、万勇」

「初めて聞くよ、その名前。カッコいいね」

「カッコ悪いだろ。初めて聞くってことは、明らかにキラキラネームだし」

「親がつけたんだよね？」

「親父がつけた。マンユーから」

「ん？」

「マンチェスター・ユナイテッドのマンU」

「えーと、サッカーのチームだっけ」

「そう。イングランドのクラブ。世の中で一番好きなものを子どもの名前にってことで、親父がつけたんだよ。母ちゃんも、何故か反対しなかった」

「それで万勇」

マンチェスター・ユナイテッドのマンU。略語からつけたわけだ。子どもの名前を。

「まあ、バカ親父ってことだな。世の中で一番好きなもの。ものじゃねえじゃんて思ったよ、ガキのころ」

「お父さんが自分でそう言ったんだ？」

「ああ。その辺もバカっぽいだろ？」

バカっぽいことはない。こともない。のか。よくわからない。でも親愛の情が感じられなくもない。まず、世の中で一番好きなものをはっきり決められることがすごい。愛が強い人、と見ることはできる。

「サッカーが好きなんだ？　お父さん」

「そのころはそうだったみたいだな。おれが生まれたころは」

「お父さん自身、サッカーをやってたの？」

「やってない。観るだけのファン。ベッカムとかいうやつがいてさ、親父はそいつのファンだったの。結構早い時期からのファン。自分でそう言ってた。ベッカムはおれが見出したようなもんだって」

ベッカムとかいうやつ、というのにちょっと笑う。ベッカムがその辺を、それこそ平井や亀戸辺りをウロウロしてそうに聞こえたので。

「知ってる？　ベッカム。デビッド・ベッカム」

「聞いたことあるよ。昔、ワールドカップにも出てたよね。小学生のころにテレビで見た記憶もある」

「日本でやったワールドカップにも出てたらしいよ。サッカーファンじゃない女とかからもムチャクチャ人気があったらしい」

「へぇ」

「親父によれば、映画スターになれるぐらいイケメンなのにチームのために体を張れるやつなんだと。何だそれって思ったよ。イケメンなのにとか、関係ねえじゃん。サッカー選手なら、イケメンでもブサイクでも体は張るだろ。つーか、張れよ。それで食ってんだからら」

「みんな、張ってはいるだろうけどね」

「親父はそういう話に弱ぇんだよ。イケメンなのに体を張るとか、美人なのに性格がいいとか。だから不思議なんだよな。おれの母ちゃん、そう美人でもねえし、性格がよくもねえから。まあ、あれか、そこは妥協したのか。ベッカムは美人の嫁をもらったらしいけど、親父はベッカムじゃねえから」

　ポカリを一口飲んで、訊く。

「お父さん、今もそのマンチェスター・ユナイテッドが好きなの？」

「そうでもないっぽい。ベッカムは引退しちったし、親父も四十を過ぎたから。サッカーは今も好きだけど、たぶん、前ほどじゃない。そうなると、今、世の中で一番好きなものは何なんだろうな。母ちゃんてことはなさそうだから、金かな。いや。仕事のあとのウーロンハイとか、そんなか」

「万勇は、マンチェスター・ユナイテッドが好きなわけじゃないんだ？」

　自然に万勇と呼んでしまいあせったが、気づかなかったのか、万勇はペプシを飲んで言う。

「好きだよ。いつの間にか好きになってた。サッカー自体は好きでもねえのに。自分と同じ名前のクラブだからさ、やっぱ気にはしちゃうんだよな。順位表とか、結構見るよ。今はポグバとかいうやつがいる。フランス代表だったかな」

「お父さんの名前も、万勇みたいに変わってるの？」

「普通。野崎タツヤ。ちなみに母ちゃんはミエコ。そっちも普通。おれだけが万勇」

「一緒に住んでるんだよね？」

「いや、別。おれは大島のボロアパート。駅で言うと、西大島。家賃は安いんだけどさ、ほんとボロくて、浮きまくってるよ。周りは新築の一戸建てが多いから。そのうち取り壊されんだろうな。そしたら出てかなきゃなんねえよ」

「お父さんとお母さんは、どこに？」

「埼玉。今は、えーと、蕨。ほら、漢字が難しくて書けねえとこ」

「あぁ。行ったことはないけど、知ってるよ。確かに、漢字は書けない」

「おれも行ったことはないよ」

「ないの？」

「ないね」

「そこが実家じゃないんだ？」

「ない。おれに実家っつう実家はないよ。ずっと賃貸アパートだったたし。親父と母ちゃんが今いるのも、パチンコ屋の寮だよ。夫婦で住み込みの寮。親父と母ちゃんがそこに住むって聞いたときは、ちょっと笑ったよ。ついに住むのかよって」

「どういう意味？」

「いや、おれさ、一番初めの記憶は車のなかなのよ」

「初めの記憶？」

「そう。生まれて最初の記憶。一番古い記憶。三歳とか四歳とか、そんくらいだったのかな。パチンコ屋の駐車場に駐めた車んなかに置き去りにされたんだよ。ほら、よくあんだろ？　夏に親がガキを残してパチンコ打ちに行ったりする。で、ガキが暑さで死んじゃったりする。そのガキがおれ。死ななかったけど」

「暑い時期だったんだ？」

「そのはず。そんなことがないようにっていうんで巡回か何かしてたパチンコ屋の店員が見つけたんだ。車のナンバーで呼び出したんだろうな。バカ親二人を」

「二人？」

「そう。母ちゃんも一緒に打ってた。マジでさ、ちょっとヤベえ親なのよ。まあ、おれが三歳だとすると、そのときまだどっちも二十四とかそんなだからな。無理もねえって気もするけど」

「無理、ない？」

「なくないか？」

「どうだろう」

「たぶん、悪気があったわけじゃねえんだよ。このくらいならだいじょうぶ、と思ったんだろうな。要するに、読みが甘ぇんだ。でもさすがにそれ一回。そのあとはもう、そういうことはなくなったよ」

「パチンコをやめたとか？」

「いや、それはやめない。おれ同伴。店に連れてくようになっただけ。で、周りの客にいやがられる」

「仕事はしてたんだよね？」

「一応、してはいたな。転職ばっかしてたけど。引越も三回したし。全部、安いアパートからもっと安いアパートへの引越。おれが今このバイトをしてんのも、そのころの記憶が残ってるからかも。印象がよかったんだよ、引越屋の。まあ、客への態度がいいのは当然だけど。で、親父は何度も転職して、今の寮にたどり着いたわけ。ついに住むのかよって、思っちゃうよな、おれは」

「そこはもう長いんだ？」

「二年ぐらいか。でもちょっとは落ちついた感じもあるかな。おれが言うのも何だけど」

「会ったりはしないの？」

「たまに会う。年イチかな。外でメシ食うよ。ファミレスで。こないだ食ったときはおれが金出したんだ。母ちゃんが金下ろすの忘れたとか言いだして。そう。思いだした。そんとき、親父にも一万貸したんだ。それ、返してもらってねえわ」

万勇がペプシを飲む。僕もポカリを飲む。

「で、そっちは？」と言われる。

「ん？」

「名前」

「あぁ。江藤」

「それは知ってるよ」

「瞬一。瞬間の瞬に漢数字の一」

「普通じゃん。キラキラじゃない。まともな親がつけた感じだな」

「普通の親、なのかな」

その親のことを訊かれたらちょっといやだな、と思う。が、万勇は訊いてこない。

「瞬一だと、何て呼ばれた？　周りから」

「瞬、かな」

「瞬。そりゃそうか。で、瞬は何歳？」

「二十三」

「何、歳上？」

「そうなの？」

「おれ、二十一。もしかして、今年二十四になるとか？」

「いや、五月に二十三になった」

「それでも二コ上か。こないだ天谷たちにはああ言ったのに、おれ、敬語じゃねえじゃん」

「いいよ、そんなの」

「いいのかよ」

「学校だったらいやかもしれないけど、ここなら別にいやじゃないよ。そもそも、知らなかったんだからしかたないし」

「じゃあ、ままでもいい？」

「いいよ」

「マジでいい？」

「うん」

「じゃ、いいか」と万勇はあっさり言う。「今さら敬語に変えるのも変だしな。で、何、瞬はどこに住んでんの？」

「平井」

「やっぱ近(ちけ)えんだ」

「近いね。歩いて来てるよ」

「歩いたら、遠くねえ？」

「二十五分かな」

「遠いよ。おれはアパートから歩いて十五分。そこが限界だな。それでもダリィ」

「一時間までなら歩くよ。雨の日は別として」

「マジか。東京の人間とは思えねえな」

「東京の人間じゃないよ」

「え、どこ？」

「群馬。片品村。と言ってもわからないだろうけど。尾瀬のほう」

「尾瀬。日光とかに近いんだっけ」

「近いとは言えないかな。日光は栃木だし、車で一時間はかかるよ」

「いつ出てきた？」

「高校を卒業してすぐ」

「大学がこっちってこと？」

「いや。大学には行ってない」

「専門？」

「にも行ってない。ずっとバイト。まずコンビニでやって、それからここ」

「そうなんだ。すげえな」

「すごくないよ。バイトだし」

「いや、何か、高卒で東京に出てきてずっとバイトでやってるってその感じがすげえよ。おれも似たようなもんだけど」

「万勇もずっとバイト？」

「そう」

「高校を出てからだと、三年めか」

「もっと長い。高校は出てねえから。入ったけど、卒業はしてない。やめた。工業高校を二年の二学期に中退。そっからはちょっとプラプラして、バイト。やめちったけど、おれ、手先は器用だったよ。ほかのやつらにも全然負けてなかった」

何でやめたの？　とは訊けない。

が、万勇が自ら言う。

「学校んなかで結構なケンカをしちゃってさ。やめさせられる前に自分からやめたんだ。母ちゃんはやめないでほしかったみたいだけど、親父がそれでいいって言うんで。だから学歴は中卒。そりゃ、ゆずっちにもフラれるよな」

「ゆずっち」

「ゆず穂な。狭間ゆず穂」

「うん」

「脈がまったくなくはねえような気もすんだけどなぁ。どう思った？　こないだ見て」

「わかんないよ、あれじゃ」

「まあ、脈があるとかないとかのレベルじゃなく、はっきり断られてんだけどな」

「でもまた行くんだ？」

「行くねぇ。行っちゃうねぇ。おれの顔がせめてベッカムなら、もうちょっといいんだろうけどな」

「せめてベッカム」

「せめてってことはねえか。ベッカムは最上級だもんな。金だって、捨てるほど持ってんだろうし」

　そして万勇は立ち上がる。両手を真上に伸ばし、もとに戻す。それを三度くり返す。

「あー、腹減ったから、ここで食っちゃうわ」

「何？」

「カップラーメン。買ってあんのよ。昼休憩んときに買っといた。今日は遅くなると思って。二個あるから、瞬も食えよ」

「二個あるの？」

「そう。腹減ってたら二個食おうと思って。ちょうどよかった。ペプシのお返しだよ」

「いや、でも。二個食べなよ」

「今の感じなら一個でオーケー。二個一気は体によくねえだろ」

「だけど、そうするつもりでいたわけでしょ？」

「いたけど。そこは変更」

　そう言うと、万勇はわきに置いてたカーキ色のカバンから二個のカップラーメンを取りだす。つかい古した布製の肩掛けカバンだ。キャンバス地。ヨレヨレ感がすごい。

「じゃ、湯を沸かそう」

万勇はガスコンロのところへ行き、やかんに水を入れて火にかける。戻ってくると、カップラーメンの一つを僕の前に置く。

「はいよ」

「いいの？」

「いいよ」

それぞれにビニールパッケージを破って蓋を開け、かやくやスープの小袋を取りだす。スープは二つ。粉末スープと液体スープが別々になってるタイプだ。

かやくの袋を開けながら、万勇に言う。

「あのさ、同じのを二個食べようと思ってたわけ？」

「そう」

「普通、ちがうのにしない？」

「これが好きだからこれを二個食うんだよ。好きなもんは、好きだろ」

万勇が粉末スープの袋に続いて液体スープの袋まで開けようとするので、ストップをかける。

「それはあとでしょ」

「ん？」

「液体スープはあとだよ。お湯を注いでから。食べる直前に入れるはず」

「そうなの？」

「そうでしょ」

なかにはそうでないものもあるから、一応、カップの外側に記された調理法を読む。

「うん。やっぱりあと」

「そうなんだ。いつも先に入れてたわ。めんどくせえし。それで変わんのかな、味。たぶん、わかんなくね？」

「そう言われると、わかんないかも」

「ならいいじゃん」

「ならいいけど」

「つっても、せっかくだからあとにすっか。指示は聞かねえとな。引越会社の社員の指示とカップ麺(めん)メーカーの指示はちゃんと聞かねえと」

「うん」

「うんじゃねえよ」と万勇が笑う。

僕もちょっと笑う。

「はい。割り箸」と万勇がそれを差しだす。「よかったよ、二つもらっといて」

「どうも」と受けとる。

「一人で食うから一つでいいかとも思ったんだよな。コンビニの店員が若い姉ちゃんで、ちょっときれいだったから、カッコつけて一つでいいって言うとこだった」

「それ、カッコついてる？」

「ついてるだろ。エコ重視、みたいで」そして万勇は言う。「お、沸いたっぽい。行こうぜ」

二人、立ち上がり、ガスコンロのところへ行く。やかんの蓋がカタカタ言い、口からさかんに湯気が出てる。

火を止めるべく、僕はガスコンロのつまみに手を伸ばす。が、万勇が横から手を伸ばし、いきなりやかんを持ち上げる。

ぶわっと火が上がる。といっても、十センチに満たない程度。でも上がる。先端にチラチラと朱色が混ざる青い炎が。

「うわっ」と声を上げ、反射的に飛びのく。

「大げさだよ」と万勇。

「いや」間を置いて、こう続ける。「あぶないよ」小声でさらに続ける。「火は」

そして怖々とガスコンロに近づき、つまみを右にまわして火を消す。

万勇がカップにお湯を注ぐ。終えると、はい、と手を出すので、自分のカップを渡す。

お湯が注がれるのを見ながら、やっぱりダメだ、と思う。火はダメだ。苦手だ。あれから十四年が過ぎた今でも。

怖くて近寄れない、というほどではない。でも進んで近寄りはしない。キャンプファイヤーのそれのような大きな炎は、はっきりと怖い。どうしても、燃える『えとうや』を思いだしてしまう。

幸いにも、ガスコンロの火ぐらいならだいじょうぶ。ただし、だいじょうぶといえばだいじょうぶ、という程度。怖いといえば怖い。特に今みたいなことになると、あせる。動揺してしまう。

お湯を沸かすだけなら何でもない。少なくとも自分の部屋でそれをする限り、火をつけたままやかんを持ち上げたりはしないから。火を単体で見たりはしないから。

認めざるを得ない。僕が自炊をしないのは、火と接する機会をなるべく減らしたいからでもある。

6

東京は広い。狭いのに広い。尾瀬の辺りとはまたちがう感じに広い。

遠くまでは見渡せない。見渡せるのは、それこそ荒川の河川敷ぐらい。全容は見えない。とてもじゃないが、すべてを知ることはできない。ならばせめて自分が住む町ぐらいは知りたい。新宿でも渋谷でも六本木でも秋葉原でもない。たまたま巡り合った平井。だからこそ知りたい。たまたま巡り合ってなければ、絶対に知ることはなかっただろうから。

そんなわけで、バイトを入れない日は歩く。まずはいつもの河川敷。走るときは海のほうへ行くので、歩くときは上流のほうへ行く。舗装道を歩き、JR総武線の高架をくぐる。

その先もずっと歩いていける。地図で見る限り、墨田区、そして足立区にも行ける。そこまで行くとさすがに帰りが大変なので、平井からは出ない。少年サッカー場を過ぎた辺りで荒川を離れ、今度は旧中川に出る。川に囲まれて島のようになった平井。その北端部だ。

旧中川は見事に曲がりくねってる。それに沿い、道路までもが見事に曲がりくねってる。川の幅は、荒川の五分の一とか六分の一とか、その程度。それでも、一応、河川敷がある。水辺というか、まさに水際を歩けるようになってる。対岸も絶妙に近い。知り合いがそちらにいれば気づけそうなくらいだ。声も届くかもしれない。練習ということなのか、競技用のボートが走ってたりする。川面から出た杭の一本一本に鳥が留まってたりもする。

そのくねくねと曲がる旧中川沿いを歩き、再びJR総武線の高架をくぐって、こちら側へ戻ってくる。そのくねくねのおかげで、結構時間はかかる。いい散歩コースになる。

そして僕はふれあい橋というところに出る。その橋に立つ。

旧中川にかかる、江戸川区と江東区を結ぶ橋。車は通れない。通れるのは人や自転車のみ。初めて渡ったときに気づいた。そこで上流に向かって立つと、川の先に東京スカイツリーが見えるのだ。

スカイツリーは高いので、いろいろな場所から見える。が、そこからの見え方が一番好きだ。邪魔になる建物がなく、ツリーの下のほうまで見えるから。

東京スカイツリーに行ったことはない。東京タワーに行ったこともない。さすがに一人では行かない。東京に出てきたばかりのころはいつか行こうと思ったが、最近はもういいかと思うようになってる。あれは上るためのものではない。こうして遠くから眺めるためのものなのだ。と、勝手にそう決めた。

ふれあい橋の真ん中に立ってしばしスカイツリーを眺めると、僕は江東区へは行かず、ホーム江戸川区に戻る。

小学校のグラウンドのわきの細い道を通り、車道に出る。細いが両側に歩道もある道だ。川に沿ってはいるが、河川敷ではない。小さな工場があったりするので、もう川は見えない。

初めて通るその道を、ゆっくり歩いてみる。工場の先に、いきなり神社があった。いや、神社と言っていいかわからない。柵に囲まれた一画。狭い。でも石造りの鳥居があるから、たぶん、神社だろう。

スマホで調べてみた。平井浅間神社、らしい。

鳥居をくぐり、敷地に入っていく。石だの岩だのが積まれた小山のようなものがある。階段で頂に上れるようになってる。その階段のわきに標示板が立てられ、説明が記されてる。

逆井の富士塚。高さ約五メートル。区内で最大。頂上の部分を玉垣で方形にとり囲み、石祠を祀ってる。この逆井の富士塚そのものが浅間神社。

なるほど。とは思いつつ、その富士塚を知らなかったので、やはりスマホで調べてみた。富士信仰に基づき、富士山を模してつくられた人工の山や塚だという。

要するに、富士山は遠くて行けないからこれを代わりとして考えなさい、ということだろうと解釈する。

ならば富士山が見えたりするのかな、と思い、階段を上り、頂に行ってみた。

確かにそこには小さな石祠があった。お供えものということなのか、ペットボトルの水が置かれてる。

富士山は見えない。余裕で、見えない。その先は駐車場。さらに先は旧中川。対岸には何棟ものマンションが立ってる。見えるわけがない。

東京らしいな、と思う。小さな町に小さな神社が溶けこんでる感じがいい。違和感を保ったまま溶けこんでるのがいい。

せっかくなので、拝みにかかる。あ、お賽銭入れなきゃ、と気づく。

近くに賽銭箱のようなものは見当たらない。無人も無人。人の居場所はないと一目でわかってしまう神社。防犯の意味で、賽銭箱は置かないのかもしれない。

逆井の富士塚。平井浅間神社。お賽銭をとらないなんて、謙虚な神様だ。見習いたい。

こちらも謙虚な気持ちでいく。

まずは深いおじぎを二度。

胸の高さで両手のひらを合わせ、右手を少し下にずらす。二度手を打つ。

拝む。父と母を想い、じいちゃんを想い、ついでに万勇を想い、万勇の両親を想う。思いつきで、君島敦美さんと彩美ちゃん親子のことも想う。計八人。さすがに想いすぎだと思い、神様におわびとお礼。

手を下ろし、最後にもう一度深くおじぎをする。

二礼二拍手一礼。この作法はいつだかじいちゃんに教わった。教えたうえで、じいちゃんは言った。まあ、そんなのは形だ。大事なのは、ちゃんと心を込めて拝むこと。神様は、お前、拍手が一回足りないぞ、なんて小さいことは言わない。

参拝を終えて階段を下り、再び鳥居をくぐる。自分だけにわかる感じで、逆井の富士塚にさらに一礼する。

歩きだす。右左折をくり返し、住宅地を進む。信号を待って通りを渡り、コンビニに入る。

かつてバイトをしてたコンビニだ。おにぎり百円セールをやってることを知ってたので、初めから寄るつもりでいた。百円でもスーパーよりは高いが、コンビニのおにぎりは何といってもヴァリエーションが豊富。なおかつうまかったりもする。

店には、予想どおり井川さんがいた。カウンターのなかにはもう一人、大下七子(おおしたななこ)さんもいる。パートさんだ。僕が入ったときからすでにそこで働いてた古株。歳は四十代前半。それなのにというか、だからこそというか、とても元気な人だ。

「いらっしゃいませ」と井川さんが言い、

「あ、江藤くん」と七子さんが言う。

お客さんがレジに来たので、僕はそちらへは行かず、店内を歩く。雑誌コーナーから飲料コーナーへ。そして弁当やおにぎりのコーナーへ。

百円になるのは、税込百六十円未満のおにぎり。だから百二十円程度のものを買うのはもったいない。よって、ツナマヨやとり五目は今日はなし。割引幅が大きい紅しゃけと唐揚げマヨと牛カルビを選ぶ。その三つで三百円。スーパーの割引弁当より高くなるが、割引前の値段はほぼ同じになる。

お客さんがちょうど出ていったので、レジに向かう。会計をしてくれるのは井川さん。店内にお客さんは一人もいなくなったため、七子さんも寄ってくる。

まず口を開くのはその七子さんだ。

「江藤くん。さすが、来るねぇ。百円の日は」

「いやいや」と井川さんが苦笑する。「それ、お客さんに言っていいことじゃないですよ」

「見抜かれてましたか」と僕。

「そりゃ見抜くわよ」と七子さん。「江藤くんはいつもおにぎり三個じゃない。百円の日に」

「はい。それ以外の日は、どうしてもスーパーに流れます」

「おれも」と井川さんが同調する。「百円セールのときだって、スーパーだよ。パン派だから、おにぎりはスーパーでも買わないけど」

「わたしも」と七子さんも同調する。「パン派ではないけど、パンもおにぎりもみんなスーパー。というか、おにぎりなら自分でつくる。コンビニは高いもん。毎日の買物なんてできないよ。って、これ、店長に聞かれたらヤバい」

「別に怒りませんよ」と井川さん。「店長も全部ここで買ってるわけじゃないですし」

「そうだよね。毎日コンビニで買物してたら破産しちゃうもんね」

「破産はしませんけど」

「ペットボトルのお茶に百三十円とか出せないよ。スーパーに行けば百円以内で買えることはわかってるのに」

井川さんがバーコード入力をしながら言う。

「江藤くん、引越バイトは続けてるんだよね？」

「はい」

「この時季はきつくない？」

「きついですね。鍛えられますよ」

「鍛えられるというか」とこれは七子さん。「削られちゃう感じでしょ、暑さで」

「体重は、ちょっと落ちますね」

「あ、そうなの？　だったらわたし、やろうかしら」

井川さんと僕が同時に笑う。

「七子さん、家具とか持てます？」と井川さん。「ここのパンのケースがもう重いって言ってるじゃないですか」

「あぁ、そうかぁ」と七子さん。「家具はあれ以上に重いかぁ」

「でも女の人もやれますよ」と僕。「実際、何人かいますし」

「やっぱ無理。やめとく。わたし、今のこの冷房環境からは離れられない」

井川さんに五百円玉を渡し、お釣りの二百円をもらう。小さめのレジ袋に入ったおにぎりももらう。

「やっぱりデカいよね」と井川さんが言う。「アパートの近くでも、いればわかるよ。江藤くんはいつ見てもデカい」

「デカい」と七子さんも続く。「引越がいやになったら、また戻ってきなよ。江藤くんなら、レジにいてくれるだけで用心棒になるから。この人相手に強盗しようとは思わないもん」

「思いませんね」と井川さん。

「用心棒手当をつけるよう、わたしが店長に言ってあげるよ」

「そのときはお願いします」

「ありがとうございました」と井川さんに言われ、

「また来てね」と七子さんにも言われ、

「次の百円セールのときに」と返し、店を出た。

覧ハイツまでは徒歩七分。晩ご飯のおにぎりはどの順番で食べようか、と考えながら歩く。敷地に入って、アパートの階段を上る。玄関のドアの前で立ち止まり、パンツのポケットからカギの入った財布を出す。

背後でガチャリとドアが開く。二〇二号室のドアだ。

あいさつをしようと振り向いた。敦美さん。かと思ったら、彩美ちゃん。開けたドアを手で支え、僕を見てる。いつもはそんなに見ないが、今は見る。子どもらしく、じっと見る。

「こんにちは」と僕が言う。

例によって、彩美ちゃんは微かに反応する。軽く頭を下げ、口を動かす。何か言う。聞きとれはしない。たぶん、こんにちは、だ。で、再び僕を見て、今度ははっきり言う。

「が」

「え？」

もう一度、同じ言葉が来る。

「が」と僕もくり返す。

「出た」

「出た」とそれもくり返し、少し考えて、気づく。「あぁ。蛾(が)？　虫の蛾？」

彩美ちゃんはうなずく。はっきりとしたうなずき。そう、それ、という満足感が伝わってくる。

「蛾が、出たの？」

「そう」

出たというよりは、入ってきたということだろう。それを裏づけるように、彩美ちゃんが言う。

「窓開けてたら、ぶわって」

ぶわって。というその言葉で、蛾のサイズを感じる。

「大きいの？」

「大きい。蛾、嫌い」

そうだろう。ゴキはダメだけど蛾はオーケー、という人はいない。いるとしても、少ない。

「家に、いられない」

「あぁ。そうか」

蛾にいられてしまっては自分が家にいられない。そこへ、僕が階段を上る音が聞こえてきたわけだ。要するに、たすけを求められてるということだろう。

「退治、する？」

彩美ちゃんがまたうなずく。さっきよりもさらに大きく。

「お母さんは、いないんだよね？」

「お仕事」

「お母さんがいないのに僕が家に入っちゃって、だいじょうぶ？」

彩美ちゃんは反応しない。そこまでは考えてなかったらしい。

どうしようかな、と思う。お母さんは仕事中。小さな娘が一人で留守番をしてる家に、二十三歳の男が入る。いい気はしないだろう。でも。職場の敦美さんに電話をかけて許可をとってもらう。そこまでのことではないような気もする。

「お母さんに怒られない？」と言ったあとに足す。「僕がじゃなくて、彩美ちゃんが」

「怒られない」

というその言葉に根拠があるかわからない。が、そこを疑ってもしかたない。じゃあ、退治しないのか？　たすけを求められてるのに断るのか？

「あとで、蛾のことで僕を入れたって、お母さんに言ってね」

「言う」

ならそれでいい。

「じゃあ、行くよ。退治しよう」

ドアを支え、先に彩美ちゃんをなかに戻す。そして三和土でスニーカーを脱ぎ、僕も上がる。人の家なので、一応、向きを直す。二十八センチのスニーカー。やはりデカい。バカっぽく見える。小さい彩美ちゃんには、二十六センチの靴も二十八センチの靴も一緒、に見えてくれればいい。

ゴキ退治のときは玄関付近止まり。でも今回はもっと奥。部屋にまで入った。僕は居間としてつかってる洋間だ。

寝るときは和室に移るらしく、そこにベッドはない。窓寄りに学習机が置かれてる。子どもサイズのそれだ。懐かしい。僕がつかってたものは燃えてしまった。『えとうや』で。

女の子の部屋だから、全体的にピンクが多い。ぬいぐるみにクッションにペン立てにホチキス。ピンクのホチキスがあるのかと、ちょっと感心する。

まあ、そんなことはいい。

蛾だ。

どこ？　と訊くまでもなく、わかった。蛾は白い壁に留まってた。ぺたりと張りつくようにしてだ。確かにデカい。五センチはある。五センチと言うと小さいが、蛾の現物としてはデカい。飛んだときにまき散らす鱗粉（りんぷん）の量も多いだろう。色は焦げ茶。蛾によくあるベージュではない。濃い。

家にいられないというのもわかる。これと同居はできない。いられたら、落ちつかない。いつ飛ばれるかとひやひやしてしまう。部屋をチラチラ舞ってうっとうしい、というレベルではない。大物感、ボス感がある。

「これはいやだね」と彩美ちゃんに言う。

「いや」

僕もいやだ。ゴキよりいやかもしれない。でもそんなことは言ってられない。僕は助っ人としてここにいるのだ。呼ばれたからには役に立ちたい。どうにかするまでは帰れない。このボスがここにいる限り、彩美ちゃんは家にいられないのだ。

　幸い、今のこの状況なら、退治は簡単。丸めた新聞か何かで叩く。一番確実なのはそれだろう。ただ、壁を汚してしまうかもしれない。鱗粉だの何だので、痕跡を残してしまうかもしれない。

「これ、借りるね」と彩美ちゃんに言い、棚にあったゴキジェットプロを手にする。

　ゴキに効くのだから、蛾にだって効くだろう。ゴキには有害で蛾には無害。そんなことはないはずだ。アマではなく、プロなのだし。

　でも噴きかけたその瞬間、蛾はまちがいなく飛び立つ。最初の一撃が効いてくれればいいが、そうでなければ厄介だ。あちこち追いまわし、結局は打撃戦になる可能性がある。

「新聞はとってる？」と彩美ちゃんに尋ねる。

「とってない」と答が来る。

　今はとらない人も多いのだ。僕もとってない。ニュースはスマホで見る。月三千いくらは痛い。ごみも増える。

　何かないかと辺りを見まわすと。ダイニングテーブルの上に、ちょうどいいものがあった。ティッシュペーパーの空き箱だ。解体前のそれ。あとは捨てるだけだから、つかってもいいだろう。

空き箱を手にし、何度か振ってみる。いけそうだ。一応、確認をとる。

「これも、いいよね？」

彩美ちゃんがうなずく。

右手にゴキジェットプロ、左手にティッシュ箱を持ち、そろそろと壁に寄っていく。

で、ふと思いつく。窓は近い。開ければ。自ら出ていってくれるんじゃないかな。

蛾もそのほうがいいだろう。僕もそのほうがいい。彩美ちゃんだってそうだ。それができればベスト。できなければ、しかたない。スプレー噴射のあと、バンバンやるしかない。

蛾を刺激しないよう、静かに窓に近づく。網戸は反対側に寄せられてるので、問題はない。窓を開け、レースのカーテンをそっと引く。

蛾は動かない。

ならばと、ダイニングキッチン側から寄っていく。そして、叩きはせず、ティッシュの箱でファサッとはらう。

蛾は飛び立つ。羽ばたくと、さらに大きく見える。窓へ向かうも、すぐに方向転換。戻ってしまう。蛾はいつもそうだ。まっすぐには飛んでくれない。

彩美ちゃんが、わわわわ、と言って、ダイニングキッチンへ避難する。

蛾をそちらへは行かすまいとティッシュの箱を振る。が、当たらない。

チラチラどころではなく、蛾は鷲の如くワサワサと部屋を舞う。まさに右往左往。そして白い壁にぶつかるかに見せて向きを変え、フイッと窓の外へ出ていく。

「よしっ！」

窓を素早く閉め、ついでにカギまでかける。ダイニングキッチンのほうへ振り返り、言う。

「やった。終わったよ」

三和土のほうまで逃げてた彩美ちゃんが部屋へ戻ってくる。

「出ていった？」

「うん。出ていくとこをちゃんと見た。もういないよ」

「戻ってこない？」

「こないよ。窓を閉めてればだいじょうぶ。入ってきたときは、どうしてたの？」

「開けてた」

「網戸には？」

「してなかった。お外見たかったから。それで、流しのとこに行って戻ってきたら、いた。そのあとも開けといたけど、出ていかなくて。もっと入ってきたらいやだから、閉めた」

で、僕の足音が聞こえ、二〇一号室に入ってしまう前にということで、出てきたわけだ。あいさつはするがよく知りはしない隣の男。本当は出ていくのもいやだっただろう。そのいやさを、蛾のいやさが上まわったのだ。

でも呼んでくれてよかった。蛾を外に出す。逃がす。ベストの結果を出せてうれしい。逆井の富士塚に参拝したおかげかもな、とそんなことを思う。

「僕は行くね。もしまた虫が出たら、そのときは言って。また来るから。インタホンを鳴らしてくれてもいいからさ。じゃあね」

三つのおにぎりが入ったコンビニのレジ袋を持って、玄関に行く。三和土でスニーカーをつっかけ、ドアを開けて外に出る。

彩美ちゃんは三和土のところまで来てくれる。伏し目がちにだが、言う。

「ありがと」

「いえ。じゃあ、また」

静かにドアを閉め、数歩進んで自室の前へ。カギを解いてドアを開け、なかに入る。

かかった時間は十分弱。なのに一仕事を終えた充実感がある。引越の仕事で得られるそれとはまたちがう充実感だ。お金にはならない。が、誰かの役に立てるのはやはりうれしい。

その夜。午後七時すぎ。ウィンウォーン、とインタホンのチャイムが鳴った。

また虫かと思ったが、訪ねてきたのは彩美ちゃんではなく、敦美さんだった。受話器で応対したあとに玄関のドアを開けた。

「夜分にすいません」と敦美さんが言う。「彩美から聞きました。蛾を退治していただいたそうで」

「退治したわけでは。ただ逃がしただけです」

「すいません。お願いしていいことじゃないのに」

「僕はかまわないです。敦美さんがいないあいだに上がってしまって、すいませんでした」

「そんな。こちらこそ、勝手なお願いばかりしてすいません。でも彩美が自分でお願いしたと聞いて、ちょっと意外でした」そして敦美さんは言う。「前のときもそうでしたけど。あの子、愛想がないですよね」

「そんなことは、ないかと」

「相手が江藤さんだからじゃなく。男の人みんなにそうなんですよ。こんなことをお話しするのも恥ずかしいんですけど、離婚した夫とのあいだに、ちょっといろいろありまして」

「あぁ。そうなんですか」

「だから本当に、悪気があってあんな態度をとってるわけじゃないんです」

「悪気があるなんて思ってません。僕自身も、どちらかといえばそういう感じなので」

「江藤さんは、ちっとも愛想がなくないですよ。愛想がない人は、虫の退治なんかしてくれません」

愛想がない人でも虫の退治ぐらいはしてやりそうな気もしたが、それは言わずにおく。ちがいます、僕は愛想がないのです、と言い張るのも変だから。

「江藤さん、食べものは何がお好きですか？　お礼に、また何かつくりますよ。こないだは肉じゃがだったから、何かほかのものを」

「いえ、それは。そのためにやったわけではないですし」

「もちろん、わかってます。でも、やってもらったんだから、お礼ぐらいしますよ。手間でも何でもないですし。好きなもの、何ですか？」

「えーと」考える。「何でも好きというか、嫌いなものがないというか」

「すごい。彩美は、しいたけとブロッコリーがダメなんですよ。特にしいたけがダメ。あの匂いが苦手みたいで。だから混ぜご飯にも入れません。どうにか食べさせようと努力はしてるんですけど。江藤さんのお母さん、ご立派ですね。どうやって江藤さんを育てたのか教えてほしい」

「大したことは、してないと思います」

そうとしか言えない。大したことをする時間はなかったのだ。

「でもお嫌いなものがないならよかった。今度、何か適当につくって持ってきますよ。

あ、いえ、適当にって言い方もないですね。適当ではないものをつくって、持ってきます。いきなり押しかけてすいません。本当にありがとうございました。では」

「どうも」

静かにドアを閉める。

何だか申し訳ない気持ちになる。前回も今回も、僕は頼まれたから応じただけなのだ。いや、前回は自分から言ったが。あの状況でああ言わない男もいないはずだ。つまり頼まれたも同じ。アパートの隣人にゴキ退治や蛾退治を頼まれて無下に断る人も、そうはいないだろう。自分がよほどの虫嫌いでもない限り。

7

走るのはいい。歩くのもいいが、走るのもいい。

足を交互に前に出し、体も前に進む。速くやる分、速く進む。景色も変わる。前にあったものが後ろにずれていく。自分が前に進んでることが視界でも確認できる。

スポーツジムにあるランニングマシンでなら、僕は走らないと思う。あれでも、普通に走るのと同等の効果を得られるのだろう。頭ではわかる。でも体が理解しない。

僕の体重は七十五キロ。摂取したカロリーは、その七十五キロの体を自力で前後左右にしまう。

移動させなければ消費されない。その場で足だけを動かしてもダメ。と、そんな気がして

だから、たまにはこうして荒川の河川敷を走る。毎日何キロ走るとか、雨の日でも必ず走るとか、そんなふうに決めはしない。走りたいな、と思い、晴れてて気持ちよさそうだな、と思ったら、走る。河川敷の舗装道を海のほうへ下っていく。

京葉道路の高架、首都高速7号小松川線の高架、新大橋通りの高架、都営新宿線の高架。それらをくぐり、さらに進む。

すると、荒川ロックゲートが見えてくる。荒川と旧中川を結ぶ閘門だ。水位の異なる河川間に船を行き来させるため、水位を変えて船を上下させる、というものらしい。

その荒川ロックゲートも通過する。そこからは江東区。東京メトロ東西線と清砂大橋通りの高架もくぐってなお走ると、やがて鉄柵に阻まれる。そこがゴールだ。その先へは行けない。左前方に葛西臨海公園の観覧車が見え、首都高速湾岸線とJR京葉線の高架の向こうに海があることが何となくわかる。

そこまでで片道二十分。歩けば一時間はかかる。で、帰りもまた二十分。何度も高架をくぐるのがアクセントになって、いい。まさに進んでる感じが味わえるのだ。

不意に上を電車が通って驚かされることもある。ダダンダダン！と急に来るのだ。うおっ！と一瞬首が縮まり、亀のようになる。

で、今日もまた走り、アパートに近いところまで戻ってくると。

前を男性が歩いてた。追い抜く直前、それが僕の下に住む得三さんであることに気づいた。

驚かさないよう、距離をとって、声をかける。

「こんにちは」

得三さんは僕を見て言う。

「やぁ、どうも。こんにちは」

立ち止まりはしないつもりでいた。でも追い抜いて少し進んだところでこう訊かれる。

「走ってるの？」

「はい」と言って、振り返る。

得三さんが足を止めたので、僕も止める。

「いつも？」

「ではないです。休みの日に、気が向いたときだけ」

「そうか」やや間を置いて、得三さんは言う。「いいね」

まだその場で足踏みをしてたが、それも失礼かと思い、やめる。完全に立ち止まる。

「どこまで行くの？」

「海までですね。というか、その前まで。行けるところまでです」

「鉄柵のとこ？」

「はい。わかりますか？」

「うん。結構距離があるよね？」

「五キロは、あるんですかね」

「往復でしょ？」

「はい」

「十キロだ。すごい」

「景色がいいから、楽しいですよ」

「そうだねぇ。楽しそうだ。ここは、気持ちいいよね。僕も若かったら走りたいよ。もう七十二で走れないから、たまにこうやって歩く。やっと暑さも和(やわ)らいで、湿気も抜けてくれたしね」

九月半ば。まだまだ暑いが、猛暑ということはなくなった。日が沈めば、結構涼しかったりもする。

「ほら、僕の歳だとさ、下手すると熱中症で死んじゃうから」

だいじょうぶですよ、と無責任なことは言えない。

「得三さんも、あの鉄柵のとこまで行かれたことがあるんですか？」

「うん。何度か行ってるよ。歩きだから、一時間以上かかったよね。行きはいいんだけど、帰りは苦労した。通りに出て、タクシーを拾っちゃおうかと思ったよ。連れと二人でね」

「奥さん、ですか」

「そう」得三さんは辺りを見まわして言う。「ここはさ、川が近くて、ほんと、いいじゃない。連れと二人でよく歩いたもんだよ。だから、連れが亡くなったあとも、何か離れたくてさ。覚さんには悪いと思ってるんだけどね。一人で死んじゃったら、迷惑をかけちゃうから」

「いえ、そんな」

「あと、図書館が近いのもいいね。歩いて五分で行けるからたすかるよ。これなら自分の部屋に本を置かなくていいと思える。読みたくなったら借りに行けばいいんだからね。何なら図書館で読んでもいいし」

「僕も最近、行くようになりましたよ。前は本なんて読まなかったんですけど」

「そう」

「はい。タダで借りられるのはいいなと思って」

「本を読んで、走る。いいね。文武両道だ」

「それほどのものでは。ただ読んで、ただ走るだけです」

「ただやることが大事なんだよ。いちいち理屈をつけたりしないでさ。やっちゃえばいいんだ。そうすれば、何だって身にはなるんだから」

「はい」

「って、ごめん。いきなり説教みたいなことを言った。ダメだなぁ、歳とると。言うことが全部説教くさくなっちゃうよ。人にものを教えられる人間でも何でもないのに。悪いね、立ち止まらせちゃって」

「いえ。もうゴールなので」

「そうか。じゃあさ、もしよかったら、そこのベンチにでも座らないかい？」

「はい。座りましょう」

「時間はだいじょうぶ？」

「だいじょうぶです。今日は休みで、もう何もないので」

得三さんと二人、野球場のわきにある木のベンチに座る。一塁側でなく、三塁側。そちらだと、正面が川になるのだ。

「昔からよく走ってたの？」と得三さんに訊かれ、

「いえ」と答える。

「陸上部だったとか、そういうことではないんだ？」

「はい。高校には陸上部がなかったので」

「だから今走るのか」

「そういうことでもないですけど」

言ってみて、気づく。そういうことでもなくない。走りたい。たぶん、僕は単純なことが好きなのだ。歩くとか、走るとか。山小屋に荷を運ぶとか、引越の荷を運ぶとか。

「僕も長いけど、江藤くんも、筧ハイツは長いよね？」

「長いですね。二回更新して、五年めです」

「今いくつ？」

「二十三です」

「そうか。入居のあいさつに来てくれたときが、十八だ」

「はい」

「東京の人だっけ」

「いえ、群馬です。片品村。尾瀬とかそっちのほうです」

「あぁ。連れと行ったことがあるよ。やっぱりいい場所だよね。こう、木の道があってさ、そこを歩いた」

「湿原ですね」

「そうか、湿原か。涼しくて、気分がよかったよ。でも冬は、寒いんだよね？」

「寒いですね。雪も降りますし。スキー場もあります」

「こっちへは、就職するために出てきたの？」

「まあ、そうですね。両親が早くに亡くなったので、それで。じいちゃんはいるんですけど」

「そうかぁ。いやなことを思いださせちゃったね」

「いえ。亡くなったのはかなり前ですし。僕が小三のときです」

「あ、そんなに早く。じゃあ、そのあとはおじいさんと？」

「はい。じいちゃんに育ててもらいました。そのじいちゃんが、お前は東京に出ろと。よその世界を知って、人と交われと」

「すごいね。立派なおじいさんだ」

「でも、全然世界を見られてないです。人と交われてもいないし」

「そんなことはないと思うよ。今見てるこれが世界でしょ」

「荒川が、ですか？」

「荒川も、だね。アマゾンの秘境だって東京の下町だって、みんな世界だよ」そして得三さんは言う。「今、仕事は何してるの？」

「引越です。バイトですけど」

「引越か。ぴったりだね」と、敦美さんに言われたのと同じことを言われる。「江藤くんは力がありそうだし」

「力しかないです」

「それは誇っていい長所だよ。体の強さっていうのは、みんなが持ってるものじゃない。

鍛えれば少しはどうにかなるけど、もとから強い人にはかなわない。その引越の会社で社員になったりは、できるの？」

「できなくはないみたいです。そんな人も何人かはいるらしくて」

「なれるとしたら、江藤くんはなる？」

「そこまでは考えてないです。まだアルバイトをして一年と少しなんで。なりたくてもなれないかもしれないですし」

「江藤くんなら、会社はほしがると思うけどね」

「だったらいいですけど」

「僕の弟もさ、会社をやってるんだよね。古紙回収業というか、古紙リサイクル業か。回収して、処理して、再利用するっていう」

「あぁ。何となくわかります」

「葛飾区にあるユモト紙業。お湯に本で、湯本」

「笠木紙業、ではないんですか」

「うん。先代の社長には娘さんしかいなかったんで、弟はそこに婿入りしたの。だから名字も湯本。婿社長だね。僕より五つ下だから、六十七。まだ社長をやってるよ。弟夫婦の子どもも娘なんで、また婿をとるのかどうするのか。でも今どき婿社長なんて難しいだろうなぁ。業種も業種だし。だから、社員の誰かを次の社長にすることになるのかな」

「得三さんも、その会社にいたんですか？」

「いや、僕は無関係。定年までよその会社にいたよ。主にカーテンを扱うインテリアの会社。転勤が結構あったから、家は買わなかったんだよね。僕のとこもやっぱり娘で、嫁がせたあとは、連れと二人でここに移ったの。二人なら2DKで充分だから。何よりもまず、この広い河川敷に惹(ひ)かれちゃってさ。特に連れのほうが。ここを散歩したら気持ちいいでしょうねって」

「それで筧ハイツですか」

「そう。河川敷まで徒歩一分。言うことなし。娘はね、世田谷に住んでるの」

巻口貴代(まきぐちたかよ)さん、だという。大手の印刷会社に勤めてるそうだ。夫の玉男(たまお)さんはグラフィックデザイナー。夫婦には礼亜(れいあ)ちゃんという中学二年生の娘がいる。得三さんの孫だ。

「貴代に、お父さんも歳だから一緒に住もうって言われてるんだよね。ご両親がもう亡くなってることもあって、玉男くんもそれでいいと言ってくれてるみたいで。玉男くん、デザイン事務所から独立して今はフリーなんだけど、初めは仕事がなくてね。そのころは貴代が一家を支えてる感じだったから、ちょっと負い目を感じてるとこもあるのかな」

「住まないんですか？　一緒に」

「住みたいけどね。礼亜の顔を毎日見られるのはうれしいし」得三さんは荒川の上流側から下流側へゆっくりと視線を移して言う。「でもここを離れるのは、何かさびしくてね」

「あぁ」

「自分でも思うんだよ、すぐにでも一緒に住ませてもらえばいいんだって。でも、何だろう、連れを置いてくような気がしちゃうんだね。ここに住むようになったのはさ、五十を過ぎてからなの。貴代は結婚して家を出たし、もう一回ぐらいは僕の異動もあるかもしれないっていうんで、会社からもそんなに遠くない場所にしたわけ。結局、定年まで異動はなくて、そのあとも少し働いて。やめたときも動かなかったんだよね。もう、連れも僕もここが気に入っちゃっててさ。筧さんもいい人だしね」

「いい人ですね」

「大家さんが近くにいてくれるのはいいね。エアコンは何年かで替えてくれるし、ガスコンロも調子が悪くなったらすぐ替えてくれる。たすかるよ。たぶん、管理会社じゃ、そこまで素早い対応はしてくれない」

「僕も、住んでみて、かなり安心しました。東京には一人も知り合いがいなかったので」

「大家さんが近くにいる物件を探したわけではないんでしょ？」

「ないです。たまたまです」

「そんな条件では探せないか。探す人もいないよね。今はむしろ大家さんは近くにいないほうがいいって人が多いだろうし。僕だって、どちらかといえばそうかもしれない。マンションはさ、管理組合とか、いろいろ面倒なことがありそうだからいやだったの。アパートにしたのには、そんな理由もあるんだよね。そしたらいい大家さんが近くにいてくれた。よかったよ。筧さん、連れの葬儀にも来てくれたしね」

「そうなんですか」

「うん。大家さんがそこまでする義理なんかないんだけどね。でもうれしかったよ、参列したいと筧さんのほうから言ってくれて。しかも満郎さんだけじゃなく、奥さんの鈴恵さんまで来てくれた。離れがたくなっちゃうよね、そんな場所は。連れを知ってくれてる人がいる場所だから」

　わかるような気はする。僕だって、離れてはいるが、離れがたい。村には、父や母を知る人たちがいるのだ。

「引越の仕事は、大変？」

「どうなんでしょう。まだコンビニと引越の二つしかやったことがないので。でもコンビニよりは引越のほうが、時間が経つのは早いです。コンビニもお客さんが多いお昼どきはすごく早いんですけど、引越はもっと早いです」

「ずっと体を動かしてるから、なのかな」

「そうかもしれません」

「そんなふうに仕事で体を動かしてるのに、休みの日もやっぱり走るんだね」

「はい。いつもは歩くんですけど、たまに走りたくなります」

「でもずっとアルバイトを続けるつもりでは、ないでしょ?」

「そうですね。それは、たぶん」

「今は売り手市場で、採用する側よりされる側のほうが有利だからさ、就職するなら、その状況が続いてるうちにしたほうがいいかもしれないね。って、また説教くさいことを言った。まあ、江藤くんならだいじょうぶだ。面接に江藤くんが来たら、この人ならだいじょうぶ、と面接官は思うと思う」

「でも僕、しゃべるのは得意じゃないですし」

「そんなことないよ。遥かに歳上の僕とだって、こんなふうにきちんと話せてるじゃない。江藤くんがしっかりした人だということは伝わるよ。ガタイのよさは、もう、見た目だけで伝わるし。体をつかう業種の会社なら重宝(ちょうほう)される」

「だといいですけど」

「例えばさっき言った湯本紙業。僕の弟の会社。今は若い人がなかなか集まらないらしくてね。もしよければいつでも紹介するよ。江藤くん、車の免許は持ってる? 普通自動車免許」

「持ってます」

「とってから、二年経つ?」

「経ってます」

「じゃあ、中型もとれるか。その中型免許とフォークリフトの免許は、必要になるかもしれないんでね」

「フォークリフト、ですか」

「うん。意外と知らない人が多いけど、五日ぐらいでとれるんだよ。かかるお金も四、五万。中型免許は、もっとかかっちゃうけどね。ほんとにさ、言ってくれれば紹介するよ。江藤くんなら自信を持って紹介できる。と、そんな偉そうなことを言えるほど江藤くんのことを知ってるわけじゃないけど、顔見知りになってからということでは、長いからね。江藤くんは二階で足音を立てたりもしないしさ。そう。一度訊こうと思ってたんだ。あれ、かなり気をつかってくれてるでしょ」

「いえ、それほどでも」

「江藤くんの前の人は、結構うるさかったの。悪気はなかったんだろうけど、要するに気をつかわないんだね。自分がどれだけ音を出してるか想像しないというか。でも江藤くんが入って静かになった。人によってちがうもんだと思ったよ。で、あいさつにも来てくれたでしょ？　最近はそういうのないからさ、すごくうれしかったよ」

「あれは、じいちゃんにしろと言われたので」

「そうか。いいじいちゃんだ」と得三さんは笑う。「とにかくさ、もしその気になったらいつでも言って。紹介するから」

「はい。ありがとうございます」

「じゃあ、そろそろ帰ろうか。ごめんね。結局、僕の話ばかり聞かせちゃって」

「いえ」

二人、ベンチから立ち上がる。土手を越えて堤防の階段を下り、筧ハイツB棟へと戻る。得三さんは一階、僕は二階。分かれていく。

部屋に戻ると、ペットボトルのお茶をグラスに注いで一杯飲んだ。そこはポカリでなくお茶。家にいるときはお茶がいい。

ふと思いつき、スマホで中型免許とフォークリフト免許のことを調べてみた。

中型免許は二十万円を超えてしまうが、フォークリフト免許は確かに五万円ぐらいで、そして五日ぐらいでとれてしまうことがわかった。

お金ならある。結構ある。じいちゃんに渡された保険金はほとんどつかってないのだ。進学はしなかったし、生活費はすべてバイト代で賄(まかな)ってるから。中型免許取得代ぐらいは簡単に払える。何なら、家賃がもっと高いアパートにも住める。だからまだバイトでいいと思ってしまう部分も、少しはあるのだ。

でも得三さんの言うとおり。この先もずっとバイトをするわけにはいかない。僕自身、そうしたいわけでもない。

東京に出て初めて、就職のことを具体的に考える。

これまでは、漠然としか考えなかった。就職、という大きな文字が頭に浮かぶだけだった。それが。中型免許。フォークリフト免許。古紙リサイクル業。湯本紙業。一気に具体性を帯びた。

たぶん、大げさに考えるほどのことではない。その気になったら紹介すると言われただけ。得三さん自身、僕がその気になるとは思ってないだろう。紹介してもらったところで、採用はされないかもしれない。湯本社長は僕を気に入らないかもしれない。

でも。

中型免許をとる自分。フォークリフト免許をとる自分。可能性は示された。示してくれたのは、まったくの他人。アパートの上と下に住む、という関係でしかない人だ。

そんな話をもらえたこと自体が、単純に、うれしい。

8

コーヒーを飲む習慣はない。

父と母は飲んでたが、それは十四年以上前の話。そのころ僕は小学生。コーヒーを飲みたいと思う歳では、まだなかった。

じいちゃんはお茶一本槍（いっぽんやり）だったので、僕も自然とそうなった。じいちゃんと二人で住んだ家にインスタントコーヒーはなかった。マグカップはあったが、コーヒーカップはなかった。

初めて飲んだのは中学生のころ。多聞の家に遊びに行ったときだ。多聞の母親がケーキか何かと一緒に出してくれた。諸岡家はトマトのハウス栽培農家だが、多聞の母親は、何というか、洋風な人なのだ。

ウチは豆を挽（ひ）いて淹（い）れるんだよ。多聞がそう言った。ひく、の漢字が、挽く、だとわかったのはあとになってから。当時は、豆をひく、の意味自体がわからなかった。

試しに一口飲んでみたら苦かった。だからスティックシュガーを丸々一本分入れた。ポーションミルクも丸々一つ分入れた。甘くまろやかになって、おいしかった。ほら、缶コーヒーの味でしょ？　と、多聞が、今になって思えば身も蓋もないことを言った。

それ以降、コーヒーは飲んでない。

そして最近、井川さんの影響で図書館から本を借りるようになった。井川さんは、借りてきた本を、アパートの部屋でだけでなく、近くにある喫茶『羽鳥（はとり）』でも読むという。

いいかもな、と思った。いいですね、と実際に井川さんに言うと、江藤くんも行けば、と言われた。『羽鳥』は店主のおばあちゃんが一人でやってるんだよね。いつも空（す）いてるから、本を読むにはちょうどいいよ。コーヒーもうまいし。

ならばということで、行ってみた。

当然、喫茶店に行く習慣もないから、ちょっと緊張した。僕はドトールにもスターバックスにも入ったことがない。スタバ、という言葉は口にしたこともない。村には店自体がなかったし、東京に出てからも入りはしなかった。

喫茶『羽鳥』は住宅地にある。一戸建ての一階を店舗にしたような造り。だから入りやすかった。入るとすぐ右にカウンターがあり、その内側に店主さんがいた。まさにおばあちゃんだ。喫茶店の制服めいたものは着てない。私服。というか、普段着。

「いらっしゃい」

「どうも」

お客さんが一人もいないので、つい訊いてしまう。

「いいですか？」

「どうぞ。お好きなお席に」

板張りの床に木のテーブルが並べられてる。一番奥、四人掛けのテーブル席に座る。すぐにおばあちゃんが水を持ってきてくれた。グラスに入った水と、おしぼり。紙のお手拭きではない。居酒屋で出てくるような、布製のおしぼりだ。

「えーと、コーヒーをください」

「あったかいの？」

「はい」

「あったかいコーヒーをお一つ。ちょっと待ってね」

あったかいの。その言い方に、ちょっと笑った。そば屋みたいだと思って。それで緊張も解けた。

微かにミントの匂いがするそのおしぼりで手を拭く。ついでに顔も拭く。おじさんがおしぼりで顔を拭くのを女子はいやがるらしい。でもせっかくなので、拭いてしまう。

十分ほどでコーヒーは届けられた。白いソーサーに載せられた白いカップと銀色の小さな容器に入れられたミルクがテーブルに置かれる。ごゆっくり、と言って、おばあちゃんは去っていく。

まずは一口飲んでみる。苦い、と思う。直後に、うまい、とも思う。次いでもう一口。苦い、は薄まり、うまい、だけが残る。

ミルクをつかわないのはもったいないが、入れることで素の味を損ねてしまうのももったいない。結果、入れないほうを選んだ。

それから、持ってきた本を読んだ。図書館から借りてきた本。横尾成吾の『百十五ヵ月』だ。先に読んだ『三年兄妹』同様、広い意味での家族の話。

子どもはいない会社勤めの男が四十代で再婚し、連れ子の父親になる。再婚後十年経たないうちに妻は亡くなり、連れ子の娘と二人きりに。血のつながりのない親子。二人のその後の生活を描く。そんな話。百十五ヵ月というのは、妻が亡くなるまでの期間。つまり家族三人で暮らした期間だ。

読んではコーヒーを飲み、また読んではまたコーヒーを飲む。そんなことをくり返した。そしていつの間にか音が流れてることに気づいた。

音楽ではない。ラジオでもない。テレビの音だ。たぶん、ドラマ。平日の午後という時間帯からして、サスペンスドラマの再放送か何か。おばあちゃんがカウンターの内側で見てるのだろう。この席からだと壁に遮られてそちらは見えないが、音は聞こえてくる。CMが明け、女優さんが言う。

「犯人がわかりました」

この声は、沢口靖子(さわぐちやすこ)かもしれない。

テレビはほとんど見ないじいちゃんも、たまにはその手のドラマを見た。沢口靖子は知枝子さんに似てるな、と言ったこともある。僕の感覚では似てないが、大人の感覚では似てるのかもしれない。そう思った記憶がある。

そのあとも少し『百十五ヵ月』を読んで、喫茶『羽鳥』を出た。

コーヒーは四百円。思ったより安かった。

「ありがとうございました」と言い、おばあちゃんはさらりとこう続けた。「また来てね」

「また来ます」と返した。

午前中は河川敷を走り、午後は喫茶店で本を読む。穏やかに過ごす休日。悪くない。

と思ったら。

翌日に事件が起きた。

万勇が社員さんを殴ったのだ。豊浦響馬（とようらきょうま）という二十七歳の社員さんを。

豊浦さんとは僕も何度か一緒になったことがある。いやな人ではない。が、波があった。機嫌がいいときとよくないときの差が大きいのだ。いいときはやりやすいが、よくないときはやりにくい。

ずっといい日もあるが、午前はよかったのに午後はダメ、という日もある。そんなときはいきなり怒鳴ったりもする。たぶん、僕らバイトがそうとは気づかずに地雷を踏んだのだ。その地雷が何なのかわからないので、対処のしようがない。

だからある意味ではより危険。隈部さんのようにずっといいとか、塙さんのようにずっとよくないとか、そういうほうが心がまえはしやすい。それまで普通に接してた人にいきなりガツンとやられると、さすがにこたえてしまう。

で、万勇だ。

その日、豊浦さんは、万勇ではなく、僕と一緒だった。万勇は隈部さんだ。土曜日だったので、郡くんも一緒だったらしい。天谷と西と桐山の姿は見なくなったが、郡くんは、学校の二学期が始まってもたまにバイトに出てくる。

仕事を終えて支店に戻ると、僕はいつものように社員のゆず穂さんからその日の給料をもらった。カウンターから離れ、階段に向かう。

搬出口のほうに万勇の姿が見えた。誰かと一緒。それが豊浦さんだ。

「ふざけんなよ！」

そんな声が聞こえ、万勇が殴りかかる。声と手がほぼ同時。あっという間。

驚くと同時に、ヤバい、と思い、そちらへ駆け寄った。

万勇が豊浦さんの頰（ほお）を殴る。豊浦さんは肩の辺りを殴り返す。そして二人はつかみ合う。

「なぁろう！」

「てめえ！」

「ナメんな、こら！」

「付きまとうんじゃねえよ！」

そんな二人の罵声（ばせい）に、「おいおい」「マズいマズい」というほかの人たちの声が交ざる。

僕も寄りはするが、二人がつかみ合ってるので、割っては入れない。

万勇が力まかせに豊浦さんを振りまわす。二人はそのまま倒れこむ。

ひやっとする。どちらかがコンクリートの床に頭を打つのではないかと思って。

幸い、そうはならない。倒れた勢いで豊浦さんが上になるが、万勇がすぐに体をひねって切り返し、馬乗りになる。そして右の拳を振り上げる。

その体勢で殴ったら本当にヤバい。

反射的に飛びかかる。万勇に後ろから組みつき、拳を振り下ろせないよう、羽交い絞めにする。

「何だよ！」と万勇が声を上げる。「離せよ！」

「ダメだよ！　万勇！」

離さない。こうしたのが僕だと万勇はわかってない。それを知らせるためにも言う。

万勇はなおも暴れ、羽交い絞めを振りほどこうとする。

もちろん、そうはさせない。絶対に、させない。

「死ぬよ！　万勇！」

ついそんな言葉が出る。

それで万勇は我に返る。返ってくれる。動きを止め、こちらを見ようとする。が、密着してるので、見えない。

「ダメだって。万勇」

万勇が力を抜く。僕も羽交い絞めを解き、離れる。万勇が僕を見る。

「何だ。瞬か」

「どけよ！」と下から豊浦さんが言う。

万勇が立ち上がる。豊浦さんも立ち上がる。僕が万勇を後ろから押さえる。誰かが豊浦さんを後ろから押さえる。見れば、隈部さんだ。僕同様、駆けつけたらしい。

「どうしたんだよ」とその隈部さんが尋ね、

「こいつがいきなり殴りかかってきたんですよ」と豊浦さんが答える。

「あ？」と万勇。

「よせ！」と隈部さん。

ほかにも何人かが集まってくる。皆、社員さん。だから隈部さんと豊浦さんの側に立つ。

「給料はもらったよな？　今日はもう帰れ」そして隈部さんは僕に言う。「悪いけど、一緒に帰ってやってくれるか？」

「はい」と返事をする。

「わりぃのはそいつだよ」と万勇が言い、

「いいから」と隈部さんが言う。

「いいから」と僕も言う。

休憩所に寄ったりはしない。そこでカップ麺を食べたりもしない。頼まれたとおり、僕は万勇を連れて支店を出る。

道路に立つと、万勇は言う。

「じゃあな」

「じゃあな、じゃないよ。何があったか聞かせてよ」

平井とは反対方向に少し行くと公園がある。二人でそこに行くことにした。

途中、マンションのわきに自販機があったので、飲みものを買う。ペプシだ。二本。僕もそれにした。万勇がお金を出そうとするので、いいよ、と言う。

公園に入り、ベンチに並んで座った。二人掛けだから、そうするしかないのだ。デカい僕と、決して小さくはない万勇。狭い。

キャップを開けて、ペプシを飲む。炭酸がシュワシュワと口のなかに広がる。久しぶりの感覚だ。

こうなったらなったで何を訊けばいいかな。そう思ってると、万勇が言う。

「瞬。やっぱ、力、強ぇな。おれ、まったく動けなかったよ。ボコられると思った。瞬だとは気づかなかったから」

「僕も必死だったよ。体が勝手に動いてた」

「死ぬよ！　が効いたよ。ヤベっと思った。あれで殺人犯になったら、たまんねえよな」

「で、あそこでやめなかったら、たぶん、僕が万勇を殴ってたよ」

「そんなに強くは殴らないよ」

「人を殴ったこと、ある？」

「ないよ」

「じゃあ、加減の仕方もわかんないだろ。まあ、おれもわかんねえけど。実際、瞬に止められるまではあいつを本気で殴るつもりでいたし。懲りたはずなのにな」

「懲りた？」

「ああ。言ったろ？　それで高校をやめたんだよ、おれ。ケンカになってさ、相手を殴ったわけ。そんなに強くはやってねえんだけど、ツイてねえことにすぐ後ろが三段ぐらいの階段でさ。そいつ、殴られたあとに足を踏み外してコケちゃって。手をついたときに骨折したんだよ。自爆っちゃ自爆なんだけど。まあ、原因はおれだからな」

「それでか」

「そう。おれも、もういいやっていうんで、やめた」

「先生は止めなかったの？」

「止めねえよ。毎年何人かはやめるような学校だし。はい、アウト〜って感じだよな。熱血教師が引き戻すとか、そんなドラマみたいなことはねえよ」

「ケンカそのものの原因は、何だったの？」

「それもパチンコだな」

「え？」

「親父と母ちゃんはそのころからもうパチンコ屋で働いてたんだよ。そのあとに移ったから今とはちがう店で、まだ住み込みでもなかったけど。そこをさ、ちょっといじられたんだな。母親までパチンコかよ、とか、夫婦でどんだけ好きなんだよ、とか」

「ひどいね」

「冗談なのはわかってたんだけどさ、しつこく何度も言ってくっから、手が出た」

「そう説明すれば、どうにかなったんじゃないの？」

「説明する気にはなんなかったよ。何かめんどくさかったし、学校ダリィなってのもあったし。どうせ教師もそいつと似たようなこと考えてたろ」

万勇はペプシを飲む。僕も飲む。ピリピリする。口のなかも。心も。

「今思えばさ」と万勇が言う。「あんときよりもさっきのほうがずっと本気だったよ。瞬に止められてなかったら、おれ、マジでいってた。マジであいつをぶちのめしてたかもしれない。

ボクシングで言うフックみたいな横からのパンチなら、だいじょうぶだったかもしれない」でもあのとき万勇は、右ひじを引き、上からパンチを出そうとしてた。上から下へのストレート。ヤバい。豊浦さんの後頭部はまともに床に打ちつけられてたはずだ。それ一発で、最悪の結果になってたかもしれない。

「今日、豊浦さんと一緒じゃなかったよね」と万勇に言う。「何でああなったの？」

「うーん。まあ、いろいろあってさ。つーか、いろいろはねえんだけど。あいつ、ゆずっちにずっと言い寄ってたのよ」

「狭間さん？」

「そう。瞬も知ってるとおり、おれも言い寄ってたといえば言い寄ってたけど。でもあいつはちょっとちがう感じに言い寄ってたんだな。たぶん、こう、粘っこくさ。おれだって何度も告白してっから、粘っこいっちゃ粘っこいけど。あいつはさ、断られても引かねえらしいんだよ。こっちはこんなに真剣なのに何でだよって、なっちゃうらしいんだな」

「あぁ」

わかるような気はする。交際を断ること自体が地雷になる。そういうことだろう。

「一度、帰りにあいつがゆずっちを追っかけてんのを見たことがあってさ。気になったから、あとをつけたのよ。何か話してんなぁ、と思ったら、あいつ、急にゆずっちの手をつかんで怒鳴ったんだよな。通行人も振り返るくらいの感じで。それからゆずっちは早足で歩きだして。あいつがついてくようならおれもついてこうと思ったけど。まあ、ちがうほうに行ったんで」

「そうなんだ」

「で、おれ、瞬に見られたあのあとに告白したんだわ」

「また？」

「そう。七回め」

「どうだったの？」

「断られた。そんときに訊いたんだよ。ゆずっち、言い寄られてんじゃねえの？　って」

「そしたら？」

「驚いてたけど、こないだ見ちったんだって言ったら話してくれた。ちょっと付きまとわれてるんだって。で、よく聞いたら、ちょっとでもねえのよ。毎日ＬＩＮＥが来んだって。会社の先輩だから断れずに返事してたらどんどん回数が増えたらしい。そんで、会社のなかでも声をかけてくるようになったからさすがにヤバいと思って断ったんだけど、あいつは引くどころか追っかけてくるようになった。それをおれが見たわけ。さっきもそうだったんだよ。カウンターんとこで二人が話してて。ゆずっちがいやそうな顔してんのが見えたから、あいつがいなくなんのを待って、給料をもらうときに訊いたの。またか？　って」

「狭間さんは？」

「小声で、勘弁してほしいって。だからおれ、あいつのとこに行ったんだ。クソ野郎が、と思ってさ」

「何て言ったの？」

「いやがってるから付きまとうな」

「豊浦さんは？」

「お前は関係ないだろ、バイトは引っこんでろってさ」

「で、万勇は？」

「バイトとか、もっと関係ねえだろって」

どちらが正しいという話ではない。万勇のほうが絶対に正しいとも言いきれない。でも味方をしたくなるのは、万勇だ。それは、僕らがバイト同士だから、ではないと思う。

万勇がペプシをゴクゴク飲む。僕もまねしてみる。久しぶりの炭酸なのでうまくいかず、やや逆流。むせそうになる。

「あいつを殴ろうとして、あせったよ。あれ、手、動かねえぞって。ほんと、力強ぇよな、瞬」

「じいちゃんに鍛えられたから」

「鍛えられたって、武道か何か？　柔道とか空手とか」

「そういうのではないよ。歩荷」

「ボッカ？　何それ」

説明した。山小屋へ荷を運ぶのが歩荷であること。じいちゃんがその歩荷をしてたこと。中学生のときに興味本位で初めて歩荷を経験させてもらってからも、何度か手伝いをしたこと。

「へぇ」と万勇は驚いた。「今もそんな仕事があるんだな」

「あると言えるほどではないかな。だからじいちゃんも僕にはやらせなかった。もう先はないからって。手伝ったのも、僕がやらせてって頼んだからだよ」

「でも百キロを持ってたって、すごくね？」

「すごいよ。歩荷の人たちはほんとにすごい。それで何キロも歩くんだから」

「引越屋以上だな。だから瞬も力があんのか」

「だからっていうことでもないよ。頻繁にやってたわけではないし」

じいちゃんと二人で暮らすことで鍛えられたのだと思う。仕事以外のところでもそう。じいちゃんは何でも自分で運んだし、歩ける距離なら歩いた。そういうあれこれが身についてしまったのだ、僕も。

「で、地元に仕事は少ないから、こっちに出てきたんだ？」

「うん」

「そのじいちゃんに言われて」

「そう」

「つーか、父ちゃんと母ちゃんは？」

「亡くなったよ。早くに」

「そうなの？」

「そう。火事で」

「マジか」

また説明した。両親が経営してた宿屋から火が出たこと。それは収斂火災であったこと。父と母は、たぶん、僕を探しに行ったこと。そして戻ってはこなかったこと。

意外にも、万勇は驚かなかった。収斂火災のことも知ってた。

「わかるよ。虫メガネとかでもなっちゃうやつだろ？　車でもあるらしいよな。ダッシュボードに反射するものを置いといたらそこに光が集まって火が出ちゃう、みたいな。ほら、おれが車に置き去りにされた話、したろ？　だからなのか、そういうニュースは覚えてんのよ。おれもあぶなかったなぁ、と思ってさ。ガキが車に閉じ込められて火が出ちゃったら、もう無理だよな。死ぬしかない」

九月下旬、午後七時。空はもう真っ暗。暑さはない。半袖一枚でちょうどいい。

「そっかぁ」と万勇が言う。「父ちゃんと母ちゃん、いねえのか」

「うん」

「しかも小三から」

「うん」

「つーことは、何、親父も母ちゃんもいるおれは幸せってこと？」

「というか、普通なんだと思うよ。万勇の歳なら、両親がまだ生きてる人のほうが圧倒的に多いだろうし。幸せかどうかは、人それぞれでしょ」

「けど、そんな話を聞いちゃうと、瞬よりはおれのほうが幸せだと思っちゃうよな」

「だったら幸せなんだよ」

「うーん。ロクでもねえ親の感じもすっけどなぁ」

「そうかな。聞いてる限り、そんな感じはしないけど」

「ロクでもなくない親なら、息子に一万借りたりしねえだろ」

「ロクでもない親なら、息子に十万借りるでしょ。借りるんじゃなく、とっちゃうよ」

「そういう見方もあるか」

「ないけどね」

「ねえのかよ」と万勇が笑う。

その笑みを見て、ほっとする。ここまでついてきてよかったと思う。今日のうちにその笑みを見られてよかった。

万勇は万勇で、言う。

「瞬が止めてくれてよかったよ。おかげで犯罪者にならなくてすんだ。高校んときは誰もおれを止めなかった。誰か止めてくれてたら、ちょっとはちがってたのかもな。甘ぇ考えだけど」

甘くはないような気がする。高校生ならしかたない。僕も覚えがある。高校生は、まあ、中学生よりは大人、というだけ。おかしな行動はしてしまう。自分を抑える力は弱い。

「このペプシもマジでおごり？」と万勇に訊かれ、

「うん」と答える。

「これでペプシ二本の借りか」

「おごりだから、借りじゃないよ。僕もカップラーメンをおごられてるし」

「借りじゃなくても返したいけど、もうその機会はねえかもなぁ」

予言というほどではない。予想。万勇のその予想は当たる。

当然といえば当然なのか。翌日、というか厳密にはその日のうちに、万勇はアルバイト登録を抹消(まっしょう)された。

9

歩くときは前を見る。下はそんなに見ない。

それでも、お金が落ちてれば気づく。そちらへと目が行く。硬貨の形にお札の形。それには反応してしまう。お札の場合は、二つ折りや四つ折りにされててもわかる。二つ折りなら、正方形に近い長方形。四つ折りなら、小さめの長方形。でもわかる。僕がさもしいだけかもしれない。

このときも道を歩いてた。何のことはない、住宅地内の道だ。歩道のない一方通行路。そして気づいた。あれ？　そこを通る瞬間にではなく、手前で気づき、二、三歩進んで、あぁ、やっぱり、となった。

いくらだろう、と身を屈める。四つ折りのお札。１０００の文字が見えた。正直に言うと、少しがっくりした。理屈でなく、自然とそうなった。

左右には家がある。どちらかの家の人が落としたわけではないだろう。たぶん、歩いてた人が落としたのだ。そして気づかずに行ってしまった。その後、そんなに時間は経ってない。そんなに人は通ってない。

千円。微妙な額だが、拾う。お金が落ちてるのに拾わない、はない。見て見ぬふりをする感じがいやなのだ。お金を雑に扱う感じもいやなのだ。ポケットには入れない。手に持ったまま、歩く。それはそれで妙だが、着服すると思われたくない。

数分後、平井駅前交番に着き、千円を届けた。あっさり受けとってもらえた。いやな顔をされることも笑われることもなかった。どの辺りで拾いましたか？　と訊かれ、出された地図に指を当てて、この辺りです、と答えた。

三ヵ月落とし主が現れなければお金はあなたのものになります、と言われた。権利放棄の説明も受けた。お金は受けとらないことも可能、というものだ。それでもいいかな、と一瞬思ったが、受けとるほうでいいですね？　と言われたので、いいです、と言ってしまった。そして拾得物件預り書というのをもらい、交番を出た。

手続きに要した時間は五分。もっとかかるのを見越してかなりの早足で歩いたこともあり、乗ろうとしてた電車に乗ることができた。次でも間に合うことは間に合うのだ。そこは都内の電車。土曜日でも五分に一本は走ってる。

その土曜日の午後五時台。中野行の総武線各駅停車はあまり混んでない。が、乗り換えで降りた秋葉原駅には人がたくさんいた。あそこはほんとすごいよなぁ、と摂司さんも言ってた。電気街があるから、土日でも人は多いのだ。

総武線よりさらに本数が多い山手線に乗り、有楽町駅で降りる。

午後五時五十分すぎ。駅の改札を出たところで待つ。京橋口だ。

二人はすぐに来た。難波公良くんと小沢果緒さん。中高の同級生。高校を卒業して村から東京に出た二人。今日は三人で飲もうと誘われてたのだ。

二人が改札を出てきたのはほぼ同時。まず小沢さん。一人挟んで、難波くん。どちらも一目でわかった。ただ、難波くんは、メガネをかけてる。

「久しぶり」と小沢さんが言い、

「久しぶり」と僕が言う。

「果緒、またきれいになったじゃん」と難波くん。「瞬は、またデカくなった？」

「もう背は伸びてないよ」と返す。

「でもやっぱデカいな。待ち合わせにちょうどいいよ。どこにいてもわかる。渋谷の交差点とかでもわかるかも」

「わかりそう」と小沢さん。「で、どこ行く?」

「銀座(ぎんざ)の、安い店だな」と難波くん。

「ある?」

「あるよ」

難波くんの先導で、駅を出て歩いた。東京高速道路の高架をくぐり、信号を待って通りを渡る。そこからはもう銀座だという。

そのまま少し歩いて左手のビルに入り、エレベーターに乗った。瞬がいると狭い、と難波くんが言い、小沢さんが笑う。四階で降りると、そこはもう居酒屋だ。初めて聞く名前だが、チェーン店らしい。銀座だからなのか、とてもきれい。

まだ早い時間なので、店は空いてる。四人掛けのテーブル席に案内された。

「おれと果緒はこっち。瞬はデカいから一人な」

僕の向かいが難波くんで、その隣が小沢さん。まずは三人ともビールを頼み、メニューを見た。

「一番食べそうな瞬が選べよ」

「僕は何でもいいよ」

「そう言うと思った。じゃ、おれと果緒で」

枝豆。ポテトサラダ。冷やしトマト。明太チーズオムレツ。串焼き盛合せ。唐揚げ。そして届けられたビールで乾杯した。

「片品村東京支部に」と難波くんが言う。

それぞれにガチンと中ジョッキを当てて、ビールを飲む。

今日のこの話を持ちかけてきたのは難波くんだ。久しぶりに来たＬＩＮＥに、〈果緒と三人で飲もう〉と書かれてた。〈飲もう〉と返した。〈日時は合わせるよ〉とも送ったら、わずか数分で今日の土曜と決まった。小沢さんは土日休みだが難波くんはちがう。でも今日は休めるのだという。僕らは皆、今年二十三歳。難波くんと小沢さんは四月から新入社員として働いてる。

「大学のときからもっと会っとけばよかったな」と難波くんが言い、

「そうだね。近くにはいたんだもんね」と小沢さんが言う。

難波くんは東京の大学に行った。本人によれば。いい大学じゃないけど場所がいいから最近は人気がある、らしい。難波くんは今も大学時代と同じ世田谷区の千歳烏山（ちとせからすやま）というところに住んでる。初め僕は、鳥山、だと思ってたのだが、よくよく聞いてみると、烏山だった。

小沢さんも東京の大学に行った。進学する気がなかった僕でも名前を知ってたくらいのいい大学だ。僕らが通ってた高校からの進学先としてはトップクラスと言っていいだろう。

実際、小沢さんは頭がよかった。中間テストや期末テストの一位は常に小沢さんだったはずだ。最近になって、筧ハイツの井川さんが小沢さんと同じ大学の卒業生であることを知った。しかも学部まで同じ。二人は無関係なのだから不思議でも何でもないが、僕自身は勝手に驚いた。小沢さんもやはり大学時代と同じ板橋区の蓮根というところに住んでる。れんこん、ではなく、はすね、と読むそうだ。

枝豆とポテトサラダと冷やしトマトがまとめて届けられる。

「食お食お」と難波くんがさっそく枝豆を手にとる。「果緒、会社はどう？　人材を、派遣してる？」

小沢さんが笑顔で答える。

「まだしてないかな。先輩にあれこれ教えてもらってる状態」

小沢さんは人材派遣会社で働いてるのだ。たぶん、大手。僕なんかでも、頼めばどこかへ派遣してもらえるのかもしれない。

「この先輩がさ、すごいの。広告代理店の人と結婚して、ここから近い勝どきのマンションに住んでる。ダンナさんのお父さんは化粧品会社の社長さんなんだって。同じ会社なのに、住む世界がちがうよ」

「東京にはいるんだな、そういう人」

「何人もいるんでしょうね」

「何百人何千人かもな。いや、何万か。でなきゃ、都心にタワーマンションが建てられるわけがない。それが売れるわけがない」

「うらやましいことはうらやましいけど、わたしとは関係ない話だな。今はとにかく仕事を覚えるのに必死。派遣にもいろいろあるから、正直、まだすべてはつかめてない。難波くんはどう？」

「おれは、つかめちゃったよ。入る前からつかめてたようなもんだな。仕入れだの流通だの細かいことはたくさんあるけどさ、やるのは要するにメガネを売るってことだから」

「売場に立つんだよね？」

「もちろん。立ちまくりだよ。毎日立つ。ずっと立つ。契約社員の人たちと一緒に」

難波くんはメガネ会社に勤めてる。配属された店は南砂町にある。敦美さんの勤め先もある南砂町。平井の近くだ。千歳烏山からは遠いので、引越を考えてるという。

「ノルマって言い方はしないんだけどさ、新人にもやっぱ販売目標はあって、これが結構きついんだよ」難波くんは冗談めかして続ける。「だから会って早々こんなこと言うのも何だけど。瞬、メガネ買ってくんない？」

「目、悪くないよ」

「そっか。瞬はゲームとかやんなかったもんな。おれはやりまくりだったから、中学でもう目が悪かったけど」

「高校のころはかけてなかったけど。コンタクト？」と小沢さん。

「そう。メガネは中学のうちにつくったけど、学校ではかけてなくて。高校からコンタクト」

「で、今はまたメガネ？」

「そう。この会社に入ったからつくった。せっかくつくったから、かけてる」

「いいね。おしゃれ」

円とまではいかないが丸っこいレンズ。細い銀のフレーム。確かにおしゃれなメガネだ。顔立ちがいい難波くんによく似合う。

「わたしも買うときは難波くんから買うよ」

「お、うれしい。そうして」

「僕もそうするよ。目が悪くなったら、難波くんのとこに行く」

「といっても、まずは眼科な。病気がないか調べて、自分に合うものをつくったほうがいいから」

「わかった。まずは眼科に行くよ。で、難波くんの店に行く」

「頼む」

メガネ、ということで敦美さんの顔が頭に浮かぶ。メガネをつくりませんか？　と敦美さんに言ってみようか。いや、ダメだ。もう持ってるのだから必要ない。そんなことを言ったら。ゴキも蛾も退治したんだからメガネをつくってくれませんか？　という意味になってしまう。

「そういや、瞬はバイト変わったって？」

「うん。今は引越」

「前はちがったの？」と小沢さん。

「コンビニ」と難波くん。「だよな？」

「そう」

「引越。言われてみれば、そっちのほうがしっくりくるな。瞬はコンビニのレジにいるより引越屋として現れたほうが説得力がある」

「でも江藤くんがレジにいたら、それはそれで、おっ！　と思うよね」

「コンビニ強盗はためらうかもな、この店はヤバいって」

「それ、同じバイトの人たちにも言われたよ」

「だろうな」

「ためらいはしても、強盗なら、来るんじゃない？　ナイフとかは持ってるだろうし」

「ナイフぐらいいけんだろ、瞬なら」

「いけないよ。怖いよ」

「体、かなり締まってるから、刺さんなそうじゃん」

「刺さるよ」

「でも血とか出なそうだし」

「出るよ」

「何、この会話」と小沢さんが笑う。

「店だとさぁ」と難波くん。「こんなふざけた会話もあんまりできないんだよな。店長が結構厳しくて。まだ若いんだけど。二十八とかだよ」

「若い店長かぁ」と小沢さん。「そうなるのもわかるよ。若いからこそ、なるんでしょ。甘く見られるといけないから」

「まあね」

難波くんはビールを二口三口と飲む。あっという間に中ジョッキが空き、通りかかった店員にお代わりを頼む。すぐに届けられたそれをまた一口飲んで言う。

「あーあ。おれ、会社やめてホストでもやるかなぁ」

「何それ」と小沢さん。

「大学のときにちょっとだけやったことあんのよ、バイトで」

「ほんとに？」

「ほんとに。ちゃんと歌舞伎町でやったよ」

「ちゃんとの意味がわからない」

「やっぱ本場は歌舞伎町でしょ、と思ってさ。二ヵ月でやめちゃったけど、結構すごい世界だったよ。いい意味でも悪い意味でも実力勝負。そこで勝った人はちがう。バイトのおれなんか近寄れもしない感じだったよ」

ホスト。驚いたが、わからなくはない。確かに難波くんはカッコいい。高校時代もカッコよかったが、この感じではなかった。東京に出て、変わった。何というか、あか抜けた。すっかり東京の人になった。

「果緒の会社は、派遣先にホストクラブとかあんの？」

「それは、ないかも」

「まあ、派遣会社を通す必要がないか。じゃあ、会社にさ、ホストにハマってる先輩とか、いる？」

「いないと思うけど」

「ハマってても隠すか」

「でしょうね」

「でも結構いるんだよ。普通の会社員でも、ハマっちゃう人。見ててわかったよ。相当無理してんだろうなって人、たくさんいた。そんな人がいてくんなきゃ、店の経営も成り立たないよな」

「まさか本気じゃないよね？」と不安げに小沢さんが言う。

「ん？」

「会社やめて、ホスト」

「まあ、今んとこは」

「それはダメだよ」

「何で？」

「体壊したりしそうだし。気持ちの面でもよくないでしょ」

「気持ちの面か」

「江藤くんも言ってあげてよ」

「いや、僕は」

何も言えない。ホストクラブで働くこととほかの場所で働くことのちがいがよくわからない。自分がそこで働きたいとは思わないが、人が働くことに関してどうこうはない。

それからも、二人とはいろいろな話をした。高校のころの話。東京に出てからの話。同じ期間を過ごしたが、僕はバイトをしてただけ。話すことは特になかったから、難波くんと小沢さんの話を聞いた。それぞれ大学時代には楽しいこともあったらしい。カレシカノジョと付き合ったり別れたりもしたらしい。

「瞬はそういうのは？」と難波くんに訊かれ、

「ないよ」と答えた。

「ないの？」と小沢さんにも訊かれ、

「ないよ。まず、女の人とほとんど知り合ってないし」と答えた。

言ってみて、気づいた。まさにそのとおりだと。

知り合った女の人といえば、七子さんを筆頭とするコンビニのパートさんたちばかり。江藤くんはほんとに大きいねぇ、とほぼ全員に言われ、無駄に育ってしまって、とほぼ全員に返した。

無駄なんてことないわよ、と七子さんは言ってくれた。その大きさはいつか絶対に活きる。例えばどんなときですか？　と試しに訊いてみた。うーん、と七子さんは考えて言った。天井の電球を換えるとき。

笑った。確かに、活きた。一度、下の得三さんに頼まれ、部屋の電球を換えてあげたことがあるのだ。白熱電球からLED電球へと。

その後も、難波くんはハイボール、小沢さんは生搾りグレープフルーツサワー、僕はビールを飲み、チャーハンとカルボナーラきしめんを分け合って食べた。

最後に難波くんが言った。

「果緒は、村に帰らないよな？」

「たぶん、帰らない」と小沢さん。「難波くんは?」

「おれも、たぶん、帰らない。瞬は?」

「僕も、たぶん」

みんな、たぶん、だった。帰らない、と言いきれはしないのだ。そしてそれは、たぶん、言いきりたくないということでもある。

10

じいちゃんが東京に来た。特に用があるわけでもなく、ふらりと出てきたのだ。

もちろん、事前に連絡はもらった。スマホに電話がかかってきた。〈じいちゃん〉と画面に出たので驚いた。じいちゃんはそんなに電話をかけてこないのだ。

初め、じいちゃんの登録名は、紀介、にしてた。スマホを買ったときにそう登録したのだ。何年もそのままだったが、村を離れるとき、じいちゃん、に変えた。呼び捨てというのも何だな、と思って。

僕が電話に出ると、じいちゃんは言った。

「瞬一、元気か?」

「うん」

「じいちゃんな、東京に行くことにした」

「え?」

一瞬、村を引き払って東京に出てくるのかと思った。

ちがった。

「あさってあたり、泊めてもらえるか?」

「うん。どのくらい?」

「二晩だな」

「わかった」

「いきなりだけど、だいじょうぶか?」

「だいじょうぶ。ほら、日曜いで、調整は利くから」

「よかった。悪いな」

「いいよ。どうやって来る?」

「バスだな。行きも帰りもバスだ。摂司に訊いてもらったらな、バスは来週までなんだ」

「そうか。十月だもんね」

そう。そこで観光シーズンは終わり、高速バスもなくなるのだ。

新宿行の高速バスには、村からも乗れる。運賃は四千円強で、時間は四時間から四時間半。JR上越線の沼田駅までバスで行って電車に乗るよりは楽。僕も、五月半ばから十月半ばに行き来するなら高速バスを選ぶ。

「予約した？」

「まだだ。瞬一に訊いてからと思ってな」

「じゃあ、僕がやるよ」

「いや、いろいろ面倒だから、こっちで摂司にやってもらう」

「新宿だよね？ 着くの」

「みたいだな。一日三本ぐらいはあるらしい」

「あとで、着く時間だけ教えてよ。迎えに行くから」

「そうしてくれるとたすかる。じいちゃんは何もわからんから」

「新宿駅の辺りは僕もわかんないよ。だからバスを降りたとこにいて。どこに着くのか調べて、そこに行くから」

「頼むな。着くのは夜の六時とか七時とかそのくらいだ。ただ、帰りの出発は早い。朝六時半とか、そんなだ」

「帰りも送るよ。六時半でもだいじょうぶだと思う。僕のとこからでも、五時に出れば間に合うんじゃないかな。それなら、朝の満員電車にも乗らなくてすむし」

そこまで早いなら、むしろ好都合だ。僕以上に電車に乗らないじいちゃんに、いきなり通勤電車はきつい。

電話の最後、僕はじいちゃんに尋ねた。

「そういえば、何で急に来る気になったの？」

じいちゃんは答えた。

「一度、瞬一が住む場所を見てみたくてな」

「村とは全然ちがうから、息苦しくなっちゃうんじゃないかな。アパートも、部屋は二つあるけど、狭いし」

「らしいな。摂司から聞いた。でもだいじょうぶだ。じいちゃんはどこでも寝られる。狭くてもな」

「二日だけ我慢してよ。摂司さんにもよろしくね」

「言っとく」

「それじゃあ」

「ああ」

じいちゃんが切るのを待って、電話を切った。

単なる思いつきだとしても、意外だった。二ヵ月半後の正月には、僕が帰省することになってるのだ。でも僕が住む場所を見たいならしかたない。暑くも寒くもない十月。ちょうどいいかもしれない。

そして当日。じいちゃんを待たせるのはいやなので、僕はバスの到着予定時刻の二十分前にはもうバスタ新宿にいた。

じいちゃんはじいちゃんらしく、小さな黒いカバン一つでやってきた。これは昔からそう。人の荷はいくらでも持つが、自分の荷は持たないのだ。

九ヵ月半ぶりに会うじいちゃんは、少しやせたように見えた。ここ数年は正月にしか会わないが、会うたびにやせたように感じる。歳をとってるのだと思う。じいちゃんも来年は七十。無理もない。

身長は百七十センチを切るぐらい。体重は、どうだろう、六十キロぐらいか。歩荷をやってたころは、さすがにもっとがっちりしてた。七十キロはあったはずだ。今も日焼けはしてる。そこは変わらない。髪は黒と白が半々。歳相応に薄くなってはいるが、はげた感じはない。全体的にすき間が増えた、という感じ。

バスから降りてきたじいちゃんはすぐに僕に気づき、軽く手を挙げた。

「おう、瞬一」

「よく来たね、じいちゃん。疲れたでしょ」

「ちょっとな。バスに揺られてるだけで、案外疲れるもんだ」

「カバン、持つよ」

「いや、だいじょうぶだ」

「そのために手ぶらで来たからさ」

「そうか。じゃあ、頼むかな」

渡されたカバンは軽い。着替えしか入ってないのだと思う。

時刻は午後六時前。早めに新宿を出てしまおうと、総武線各駅停車に乗った。中央線で御茶ノ水まで行き、そこで総武線に乗り換えたほうが早いかと思ったが、一本で行ったほうがじいちゃんは楽だろうとも思い、そちらにした。

ドアの近くは人の出入りがあるからと、座席中央部辺りの前に二人で立った。どちらかといえばこちらかな、と、海に向かう側を僕が選んだ。

そもそもしゃべらない人だが、じいちゃんは電車のなかでもやはりしゃべらなかった。多くの人がいるところでしゃべることに慣れてないのだ。僕もそうだからよくわかる。今もまだ慣れない。電車のなかで会話をする人を見ると感心してしまう。周りの人に内容をすべて聞かれるのにな、と思ってしまう。

新宿から平井まではちょうど三十分。亀戸を出たところで、次ね、と僕が言い、そうか、とじいちゃんが言った。三十分で交わした会話はそれだけだ。

電車を降り、平井駅の改札を出たのが午後六時半すぎ。じいちゃんも緊張が解けたらしく、やっと口を開いた。

「人が多いな、東京は」

「うん。江戸川区は東京の端で、もう少し行くと千葉県なんだけどね」

「電車に乗ってるあいだ、ずっと町が続いてたぞ。ビルとマンションばかりだった。それがどこまで続くんだ？」

「千葉に入ってからも続くよ」

「東京だけじゃないのか」

「うん。埼玉も神奈川もそんな感じだと思う」

「たまげたな。人酔いしそうだ」

「あとは十五分歩くだけだよ。晩ご飯、どうしよう。何も買ってないから、食べていこうと思うんだけど。何がいい？　居酒屋でもいいし、中華でもいいし」

その二つしか出てこない。じいちゃんにハンバーガーはないし、ファミレスもない。いや、ファミレスはありか。和洋中、何でもあるから。

「じいちゃんはそばがいいな」

「そばか。いいね」

「店、あるか？」

「うん。入ったことはないけど、一軒あるよ。遠まわりにもならないから、そこ行こう」

平井駅通りを歩き、途中で右に曲がる。住宅地は住宅地だが、駅から店まで五分もかからない。

そば屋だから夜は早いかもな、と思ったが、当たり前のようにやってくれた。引戸を開けてなかに入る。座敷があるのでそこに上がり、向かい合わせに座る。そしてメニューを見る。

「つまみもあるみたいだけど。お酒飲む?」

「いや、今日はやめておこう。疲れたから、飲んだらすぐに寝ちゃいそうだ」

「あとはもう寝るだけだから、いいんじゃない?」

「まあ、やめとくよ。じいちゃんは山菜そばをもらうかな」

「あ、それはいいね。僕もそうするよ」

「瞬一はもっと食べろ。天丼とかも食べたらどうだ?」

「二つは食べられないよ」

注文し、数分で届けられた山菜そばには、かなりのヴォリュームがあった。これなら充分。何ならまた来てみよう、と思った。

じいちゃんと二人、いただきますを言って、食べる。そばをすする。

「うまいな」とじいちゃん。

「うん」と僕。

外食はたまにしかしないので、何を食べてもうまいと感じる。というか、僕はスーパーの割引弁当でもうまいと感じてしまう。バカ舌なのだと思うが、一方では、便利だとも思う。ものをおいしく食べられること。それは幸せ以外の何ものでもない。

バカ舌なりにこれまで僕が絶品と感じたのは、敦美さんの肉じゃがだ。そのあとにつくってくれたロールキャベツもうまかった。本当にうまかったので、どちらも素直にほめることができた。

山菜そばを食べ終えると、すぐに店を出た。代金は僕が払った。じいちゃんはいいと言ったが、結局、おごらせてくれた。ごちそうさま、と言ってくれた。

小刻みに右左折をくり返して十分強歩き、アパートに着いた。

「すごいな。何度も曲がるんだな」とじいちゃんは変なところで感心した。

「アパートまで一本で行けるちょうどいい道がないんだよね」

「じいちゃんはもう完全に迷子だ」

「僕もたまにそうなるよ」

「住んでるのにか?」

「うん。あれ、思ってた道とちがうなってことは、今もある」

「山道みたいだな」

「ほんと、そうかも」

カギを解いて玄関のドアを開け、なかに入る。じいちゃんの感想はこうだ。

「広いな」

「いや、狭いでしょ」

「もっと狭いかと思ってた。これなら泊まれそうだ」

「じゃあ、よかった。じいちゃんはそっちの和室に寝てよ。布団は一式あるから」

「もう敷いてあるのか」

「うん。出る前に敷いといた。そっちは、寝るだけの部屋だから。僕はこっち」

　洋間のミニテーブルの前に座布団を敷き、じいちゃんを座らせる。そして電子レンジで温めたお茶を出した。

　体を洗えればそれでいい、とじいちゃんが言うので、バスタブに湯は張らず、フロはシャワーですませた。シャワーを浴びるじいちゃん、というのが新鮮で、ちょっと笑った。

　歯ブラシは僕が用意したものをつかってもらった。歯みがき粉はウチと同じだな、とじいちゃんは言った。確かにそうだ。その手のものは意外と変えられない。昔からつかってたものをつかいたくなる。

　じいちゃんが布団に入ったのは午後九時すぎ。

　僕も図書館から借りてきた本を少し読んで、寝た。明かりを消して横になり、こう思った。初めてじいちゃん用の布団をつかえたな、と。

　翌朝、じいちゃんは六時に起きた。起きる気配で、僕も起きた。九時間弱。じいちゃんの睡眠時間としては長い。本当に疲れてたのだろう。

　僕が一人でアパートを出て、朝ご飯を買いに行った。かつてバイトをしてたコンビニ。

さすがに時間が早いので、井川さんも七子さんもいなかった。いたのは知らない女性が二人。僕がやめてから入った人たちだろう。

じいちゃんには昆布のおにぎりで自分にはおかかのおにぎり、あとは白菜と胡瓜の漬物を一つとカップのなめこ汁を二つ買う。朝食だけで七百円近くかかったが、二人分なら安いものだ。

アパートに帰って、じいちゃんと二人、ゆっくりとそれを食べ、今日は何をしようかと話し合った。

「何もしなくていい」とじいちゃんは言った。「瞬一の顔と住んでる場所を見に来た。用はもうすんだ」

「いやいや。せっかく東京に来たんだから、何か見ようよ。見せるよ」考えて、言う。「新宿は昨日行ったし明日も行くからいいとして。銀座とか行く？」

「近いのか？」

「近くはないね。電車には乗らなきゃいけない」

「歩いてはいけないか」

「行け、ないかな。じゃあ、秋葉原は？　電車には乗るけど、銀座よりは近いよ。昨日も通ったし。摂司さんがたまに行くとこだよ。ほら、電気街がある」

「電気は、いいな。この辺りを見られればそれでいい」

「いいの？」

「ああ。東京を歩くのは疲れそうだから、この辺りだけで充分だ」

まあ、そうだよな、と思う。東京に来たからといって、いかにも東京なものを見る必要もない。僕自身、東京スカイツリーにも東京タワーにも行ってないのだし。

東京に出たら、新宿にも渋谷にも六本木にも行くのだろうと思ってた。行かなかった。新宿には昨日も含めて二度、渋谷には一度行ったが、六本木には行ったことがない。行く用がなければ行かないのだ。で、行く用はできない。東京ならどの町に住んでも、そこでほとんどの用はすんでしまう。

荒川の河川敷だけは、初めからじいちゃんに見せるつもりでいた。旧中川の、荒川とはまたちがうこぢんまりした河川敷を見せるのもいいかもしれない。そう。まさにそれ。僕が住んでる町を見てもらうのだ。

ならば急ぐ必要はない。午前は部屋でゆっくり過ごし、十一時すぎに、二人でアパートを出た。道路を渡り、堤防の階段を上って、土手に立つ。わずか一分で、最初の目的地に到着。前方に河川敷が広がる。

「おぉ」とじいちゃんが声を上げる。

ちょっとうれしい。たぶん、初めてだ。東京に着いてから、じいちゃんがいいほうの意味で驚くのは。

「荒川だよ」

「これは、いいな」

「うん」

「こんなに広いとこもあるんだな」

「二十三区内ではここぐらいかも。日比谷公園とか新宿御苑とか、広い場所もあるにはあるみたいだけど」そして住宅地の側を指して言う。「ほら、こっちのほうが低くなってるでしょ？ だから堤防と、遊水地っていうのが必要みたい。水が溢れたときのために」

「水は、溢れるのか？」

「今のところはだいじょうぶ」

「今のところか。まあ、先のことはわからんか」

わからない。あんな津波さえ起きたのだ。大洪水も起きるかもしれない。火事だって、起きる。起きた。

ゆるやかな階段を下り、舗装道を渡る。得三さんとも座った野球場わきのベンチに座る。三塁側だ。川に向かう側。

「野球場、いくつあるんだ？」

「五面かな。あと、少年野球場が二面にソフトボール場も二面」今度は左方を指して言う。「ほら、鉄橋が見えるでしょ？ あれが、昨日乗ってきた総武線。あの先には少年サッカー場もあるよ」

「誰のものなんだ？」

「区だね。江戸川区」

「この川は、江戸川じゃないんだよな？」

「うん。荒川。江戸川は荒川の向こうにあるよ。中川に新中川っていうのもあって、その向こう。江戸川も河川敷は広いよ。で、その江戸川の先が千葉県」

「そうか。東京の端、だったな」

「うん」

「あれは」とじいちゃんが左手を前方に伸ばして言う。「道路か？」

「そう。首都高速中央環状線。高速だよ。有料道路」

「高速か。ゆっくり走ってるように見えるな」

「遠いからね」

「車が豆より小さいな」

「うん。豆というよりは、粒だね」

「ああ。見てるだけで怖いな。道からこぼれ落ちそうだ」

「陸になってるように見えるけど、あの向こうはまたすぐに川だよ。中川」

「別の川なのか？」

「そう。荒川と中川が並んで流れてる」

「ほう。川が多いんだな、江戸川区は」

「そう」

「いいとこだ。尾瀬とはちがうが、悪くない」

「そう思うよ。じゃ、歩こうか」

「ああ」

　ベンチから立ち上がり、舗装道を、川の上流のほうへゆっくりと歩いた。急ぐことはない。ゆっくり行こう。と、じいちゃんが言ったのだ。

　十月の半ば。本当に過ごしやすい時期。暑くない。寒くない。湿気もない。乾燥もない。平日なので、人は多くない。走る自転車も少ない。

　JR総武線の高架をくぐり、少年サッカー場の手前で河川敷を離れ、住宅地に入る。そしてまた右左折をくり返し、平井を横断する。その辺りだと、くねくねと曲がる旧中川の河川敷に最短距離で出られるのだ。

「おぉ。また川か」とじいちゃんが言う。

「旧中川。荒川とは全然ちがうでしょ？」

「そうだな。こっちは、水とずいぶん近いとこに道があるんだな」

「うん。ちゃんと制御されてて、洪水の心配はそんなにないってことなのかな」

「中川に対して、旧中川か」

「そう。さっきも言ったけど、新中川っていうのもあるよ」

「その辺は、東京っぽいな」

「ぽいね」

今も、川面から何本も出る杭の一つ一つに一羽ずつ鳥が留まってる。それを見て、じいちゃんが言う。

「鳥にとってはいい休憩所なんだな。どこにでも人間がいるから、休める場所がないだろ」

「そうだろうね。尾瀬は、休み放題だけど」

「放題だな」とじいちゃんが笑う。

それからまたJR総武線の高架をくぐり、海側に戻る。あ、そうだ、と思い、高いほうの道に上がり、ふれあい橋に出た。その真ん中に行き、川の上流に向かって立つ。

「ほら、東京スカイツリー」

「おぉ、あれか。東京タワーじゃないほう」

その言い方に笑い、言う。

「距離は結構あるけど、ここからだとよく見えるんだよ。遮るものが何もなくて」

「ほんとだな。川の上にあるように見える」

「うん。今度来たときは、あそこ、行ってみる？」

「じいちゃんは高いとこは苦手だ」

「そうなの？」

「たぶんな」

「山には登るよね」

「山とああいうのは別だ」

そうかもしれない。山は、高くても、地に足がついてる感じがある。ああいうのに、それはないだろう。ないからこそ、上るのが楽しいのだろうし。

じいちゃんと二人、青い欄干にもたれ、スカイツリーを眺める。

「瞬一」

「ん？」

名前を呼んだものの、じいちゃんはすぐには何も言わない。何を言うべきか考えてるように見える。

昔から、じいちゃんは僕を必ず瞬一と呼んだ。友だちや摂司さんがするように瞬と略して呼びはしなかった。瞬一の一は紀一の一でもあるからだと、僕は思ってる。

「場所は関係ない」

「え？」

「どこにいても、瞬一は瞬一だ」

「あぁ。うん」

「東京に来て、人と交われたか？」

「そんなに多くはないけど、何人かとは」

「そうか。それはよかった。でな」

「うん」

「瞬一は、頼る側じゃなく、頼られる側でいろ。いつも頼ってたおれみたいな人間じゃなく、おれに頼られてた摂司みたいな人間になれ。お前を頼った人は、お前をたすけてもくれるから。たすけてはくれなくても、お前を貶めはしないから」

「わかった」

「人は大事にな」

「うん」

　じいちゃんはあまりそういうことを言わない。だからこそ、言われると響く。

　叱られたことも、数えるほどしかない。数えるも何も、一度だけ。ただ、そのときは強く叱られた。中学時代。これまた一度だけ、殴り合いのケンカをしたときだ。

　どうしても反りの合わない相手だった。何かにつけ、僕に絡んできた。中学で顔を合わせた当初からそうで、二年生のときにそれがひどくなった。そしてついにケンカになり、学校に双方の保護者が呼ばれた。相手のほうは母親、僕のほうはじいちゃんだ。

ケンカの原因が何だったのか。じいちゃんはそんなことは訊かなかった。あとで二人になったとき、僕に言った。人を殴っていいのは自分の命が脅かされたときだけだ、と。

その相手は、中学三年になるときに東京へ引越していった。最後の日に、あのときはごめんとあらためて謝った。こっちもごめんと、あちらも謝ってくれた。それからは会ってない。たぶん、今も東京のどこかにいるだろう。案外近くにいたりするのかもしれない。

「それとな」とじいちゃんが言い、

「ん？」とまたしても僕が言う。

今度は間ができない。

「じいちゃんな、知枝子さんと紀一は、やっぱりお前をたすけに行ったんだと思うよ」

いきなりのそれ。でもその言葉をわざわざ出さなくてもわかる。あの火事のときに、ということだ。

「僕も、そう思うよ」

「そうか。前にも言ったけどな、瞬一は責任なんて感じるな。二人のことを、ただ誇れ。知枝子さんも紀一もお前を守れる人間だった。そういうことだからな」

「うん」

「じゃあ、行くか」

「行こう」

そこからは河川敷を離れ、また住宅地に入った。逆井の富士塚の前を通り、これ、富士塚、とじいちゃんに言った。頂からはマンションが見えるだけなので、階段を上りはしなかった。

「そろそろ昼ご飯にしよう」

「そうだな」

「ラーメンでもいい?」

「ああ」

たまに行くラーメン屋に入る。バイトをしてたコンビニの近くにある店だ。

ゆっくり歩いたので、時刻はすでに午後一時すぎ。空いてた二人掛けのテーブル席に着く。じいちゃんを奥に入れ、自分は向かいに座る。

「僕はもやしそばにするけど、どうする?」

「じいちゃんもそれにしよう」

「あんかけだけど、いい?」

「ああ。あんかけは、うまそうだ」

もやしそばを二つ頼む。ここのもやしそばは、刻んだしいたけが入ってるのが特徴だ。しいたけ。僕は好きだが、なかには苦手な人もいる。

彩美ちゃんも苦手だと敦美さんが言ってた。ここでもやしそばを頼み、しいたけが入ってることに気づいたら、どうするのだろう。一つ一つ取り除くのか。いや、あの親子がこの店には来ないか。いや、来るか。女性一人でラーメン屋、はないかもしれないが、親子二人でならあり得る。

思ったより早く届けられた熱々のもやしそばを食べる。この店はどちらかといえば太麺。細麺が好きなじいちゃんにはどうかと思ったが。うまいな、とじいちゃんは言った。しいたけが利いてるな、と。

僕のプランはそこまでだったが、もやしそばを食べてるときにその先を思いついた。じいちゃんを喫茶『羽鳥』に連れていこう。そこで少し休もう。

で、実際にそうした。

ラーメン屋から喫茶『羽鳥』までは三分程度。すぐに着いた。

「こんなとこに喫茶店があるのか」

「うん。ちょっと休んでいこう」

なかに入ると、カウンターの内側に店主のおばあちゃんがいた。

「いらっしゃい」

「二人、いいですか？」

「どうぞ。お好きなお席へ」

　午後二時。広く見ればティータイムと言ってもいい時刻だが、今日も店は空いてた。というか、お客さんは一人もいない。だからなのか、初めからテレビがつけられてた。が、消された。

　いつものテーブル席に着く。またじいちゃんを奥に入れ、自分は向かいに座る。

　おばあちゃんが水とおしぼりを持ってきてくれた。今日は二人分なので、それらはお盆に載せられてる。

「僕はコーヒーを」そしてこう尋ねる。「ほかの飲みものは何がありますか？」

　おばあちゃんの答を待たずにじいちゃんが言う。

「じいちゃんもコーヒーでいいよ」

「いいの？」

「ああ。コーヒーを飲みたい」

「じゃあ、コーヒーを二つ、お願いします」

「あったかいのね？」

「あったかいのです」

「はい。あったかいコーヒーをお二つ。ちょっと待ってね」

　おばあちゃんがカウンターへと去っていく。

　じいちゃんがおしぼりで手と顔を拭く。僕も拭く。

「ほんとにいいの？　コーヒーで」

「ああ。喫茶店のコーヒーを飲んでみたい。ここへは、よく来るのか？」

「最近たまに。本を読んだりするよ。近くに図書館があるから、そこで借りて」

「本か。紀一も子どものころは読んでたな」

「そうなの？」

「そうだ。娯楽がなかったからな。そのころはまだ携帯電話もなかったし」

十分ほどでコーヒーが届けられる。やはりお盆に載せられたそれをおばあちゃんが運んできてくれる。おばあちゃんなので、歩みは遅い。慎重だ。何というか、かわいらしく見える。手伝いたくなる。

おばあちゃんが、カップとミルクをじいちゃんと僕の前に置く。そして、今日はほかのものも置く。ピーナッツの小袋だ。手のひらサイズのそれ。そんな小袋がたくさん入った大袋がスーパーなどで売られてるのをよく見かける。

「はい、これ。よかったら食べて」

「いいんですか？」と僕。

「どうぞどうぞ。いつも来てくれるから」

「といっても、まだ四度めぐらいですけど」

「四度めなら常連さん。ありがたいよ。今いらなかったら持って帰ってくれてもいいから」

「すいません。いただきます」

じいちゃんが頭を下げる。結構深く下げる。

おばあちゃんは再びカウンターへと去っていく。

「ありがたいな」とじいちゃん。

「うん」と僕。

コーヒーにピーナッツ。じいちゃん効果かもな、と思う。

「砂糖とミルクは入れなくてもいいんだよな?」

「うん。僕はいつもそのまま飲むよ」

「ならそうしよう」

じいちゃんがコーヒーを一口飲む。そして二口飲む。カップをソーサーに置き、言う。

「うまいな。コーヒー」

「ほんとに?」

「ああ。もっと苦いのかと思ってた。わからんもんだな、試してみないと」

「うん」

二人でコーヒーを飲み、ピーナッツを食べる。おしぼりが役立つ。これなら、本を読んでも汚さずにすみそうだ。

喫茶『羽鳥』にいたのは一時間弱。店を出たのが午後三時。いい時間だ。じいちゃんも、ずっとアスファルトを歩かされて疲れただろう。

「じゃあ、コンビニに寄って、アパートに帰るよ」

「そうか」

「僕が前に働いてた店。朝のおにぎりを買ったとこ。ちょっと付き合ってよ。晩ご飯を買おう」

来た道を戻り、ラーメン屋の前を通ってコンビニへ。店に入ると、予想どおり、レジカウンターには井川さんがいた。七子さんもいた。

「いらっしゃいませ」と井川さん。

「あ、江藤くん」と七子さん。「おにぎり百円じゃないのに」

その言葉につい笑う。お客さんはいないので、カウンターに寄っていく。

「百円じゃないけど、今日は買いますよ」そして言う。「じいちゃんです」

「え？」と七子さん。「江藤くんの、おじいさん？」

「はい」

「どうも」とじいちゃんが頭を下げる。ここでも深く下げる。そして上げ、言う。「瞬一がお世話になってます」

「いえ、あの、今はもう」と七子さん。

「やめてるから」と僕。

「群馬から来られたんですか？」と井川さん。

「はい」とじいちゃん。

「昨日来て、明日帰ります。バスで」と僕。「晩ご飯を買いに来ました」

「コンビニメシでいいの？」と七子さんが言い、

「店員がそれ言います？」と井川さんが笑う。

「じゃあ、選びますね」

じいちゃんを連れて、弁当やおにぎりのコーナーに行く。

「何でも好きなのを選んで」

「やっぱり、おにぎりだな。朝食べたのはうまかった」

じいちゃんが選んだのは、梅のおにぎりと舞茸おこわおむすびだった。僕はツナマヨととり五目。

「あとは惣菜だね。何がいい？」

「何でもいいよ。瞬一が好きなのでいい」

「じゃあ」

じいちゃんもいけそうな玉子ときくらげの中華炒めと鶏大根とキャベツの浅漬。それとカップのあさり汁を二つ。以上。千六百いくら。一人あたり八百円台。東京に出てきたじいちゃんの晩ご飯に千円をかけなくていいのか、と軽めの罪悪感を覚える。

ラーメン屋と喫茶『羽鳥』では自分が払うと言ったじいちゃんも、ここではそう言わなかった。僕にカッコをつけさせてくれた。

最後に、じいちゃんは井川さんと七子さんに言った。

「これからも瞬一をよろしくお願いします」

そしてさっきよりも深く頭を下げた。

「こちらこそ」と井川さんが言い、

「お世話になります」と七子さんが続ける。

二人はともに頭を下げた。じいちゃんよりも深く下げてくれた。レジカウンターにおでこがつきそうなくらいに。

店を出て七分歩き、筧ハイツに戻った。そこでじいちゃんが言う。

「大家さんは近くにいるんだよな？」

「うん。隣。一軒家」

「あいさつをしていこう」

「あぁ。じゃあ」

「しまったな。村で何かおみやげを買ってくるんだった」

「あとでトマトか何か送ればいいんじゃない？」

「そうだな。そうしよう。大家さん、いるか？」

「たぶん」

　インタホンのチャイムを鳴らして事情を説明すると、すぐに出てきてくれた。筧満郎さんだけでなく、奥さんの鈴恵さんまでもがだ。

「ごあいさつが遅れまして」とじいちゃんが二人に言う。

　そして井川さんと七子さんにもしたように、僕のことをお願いした。

「あとでトマトを送らせてもらいます」とも言った。

「いえいえ、そんな」と筧さんは返した。「アパートにご入居いただいてるうえにそこまでは」

「江藤さんにはいつも気持ちよくあいさつをしていただいて」と鈴恵さんも続いた。「本当にお世話になっております」

　じいちゃんのあいさつは、予想どおり、大家さんだけではすまなかった。次はお隣さんだ。

　まずは一階の得三さん。筧家同様、僕がインタホン越しに来意を説明して出てきてもらい、じいちゃんがあいさつした。

「立派なお孫さんです」と得三さんは言った。「わたしは子どもが娘で孫も女の子。ちょっとうらやましいです」

「わたしも女の子がほしかったです。かわいいでしょうね」

じいちゃんがそんなふうに返したので、驚いた。もし僕が女の子なら。じいちゃんは猫かわいがりしてたのか。

得三さんの部屋は僕の真下だからわかるが、その隣、一〇二号室は微妙だ。まず、住む人を僕自身が知らない。ムロヤさん、という名字を知ってるだけ。表札は出てないが、一階のムロヤさん、と大家さんが言うのを聞いたことがあったのだ。

せっかくだからあいさつしよう、とじいちゃんは言った。そこでインタホンのチャイムを鳴らしてみた。反応なし。不在らしい。まあ、そうだろう。平日の午後三時台。いないのが普通だ。

そして階段を上り、二階。いなかったら夜に出直すつもりで君島家のインタホンのボタンを押すと、敦美さんの声が聞こえてきた。

「はい」

「こんにちは。江藤です。ちょっとよろしいですか?」

「はい」

プツッと音がして通話が切れ、すぐにドアが開いた。敦美さんだ。

「突然すいません。お休みでしたか」

「はい。今日は休みです。土日は休めないことが多いので」

「お休みならお休みで、邪魔をしてしまってすいません。あの、じいちゃんです」

「え？」

「群馬から出てきたので、お隣にごあいさつをさせていただこうと」

「あぁ、そうでしたか。何かすいません」と敦美さんが頭を下げる。

「瞬一がいつもお世話になってます」とじいちゃんも下げる。

「いえいえ。お世話になってるのはわたしたちのほうです。江藤さんには、本当にお世話になってます。虫を退治していただいて」

「虫」

「はい」

「ほら」と僕。「アパートにも、虫は出るんだよ」

「そうなのか」

「うん」

「だから本当に本当にたすかってます。こちらからお礼を言いに行かなきゃいけないくらいです」

「至らぬ点もあるとは思いますが、これからもよろしくお願いします」

「こちらこそ、よろしくお願いします。ご丁寧に、ありがとうございます」

「手ぶらですいません」

「いえ、そんな」

「また虫が出たらつかってやってください」

「ありがとうございます。そのときはまた、お願いさせてもらいます」

そこへちょうど彩美ちゃんが帰ってきた。階上の光景に一瞬驚いて立ち止まり、すぐに階段を上ってくる。

「おかえり。彩美、江藤さんのおじいさま。群馬から出てこられたの。ごあいさつして」

初めて会う大人の男性。だいじょうぶか？　と思ったが、彩美ちゃんはあっさり言う。

「こんにちは」

事務的な感じでもない。言わされ感よりは、自ら言ってる感のほうが強い。もしかすると、じいちゃん世代の男性は怖くないのかもしれない。

「こんにちは」とじいちゃんも言う。「瞬一をよろしく」

「はい」

「はい、じゃないでしょ」と敦美さんが苦笑する。「すいません。何か偉そうで」

「いやいや」そしてじいちゃんは言う。「ではこれで」

「失礼します」

そう言って、彩美ちゃんをなかに入れ、敦美さんは静かにドアを閉める。

じいちゃんと僕は二〇一号室へ。

午後四時前。帰宅。今日のスケジュールは終了。あとは部屋でゆっくりするだけだ。

「下も隣も、いい人だな」とじいちゃんが言う。「村でも町でも、人は変わらないのかもな」

「うん」

「虫は、退治してやれよ」

「また出たらね」

「ここでも、そんなに虫が出るのか？」

「そんなには出ないけど。まあ、どこにでも出るよね、虫は」

「そうか。村でも町でも、虫も変わらんか」

今日はさすがにバスタブに湯を張り、じいちゃん、僕、の順でゆっくりフロに入った。一人だと湯を張るのはもったいなく感じるが、二人だとそんなことはない。人と暮らすのは案外割がいいものなのかもしれない。人と暮らせば、自炊にだって目は向くのかもしれない。

明日は午前四時起きなので、今夜は早めに。ということで、午後六時に晩ご飯を食べた。例のコンビニメシだ。

たばこは前から吸わなかったが、ここ数年、じいちゃんはお酒もあまり飲まなくなった。昨日も飲まなかったので、一応、訊いてみた。

「じいちゃん。ビール買ってあるけど、どうする？」

「今日は、一本だけ飲むか」

「一本と言わず、もっと飲んでよ。六本買ってあるから」

三百五十ミリリットル缶を六本だ。いつもは安い第三のビールだが、今日はじいちゃん用に普通のビール。なかでもちょっと高いプレミアムものにした。本当は十本ぐらい買っておきたかったが、冷蔵庫が小さいので断念した。もっと飲むようなら、あとで僕が買いに行けばいい。

グラスも用意したが、缶のままでいいとじいちゃんが言うので、直飲みになった。

クシッとそれぞれにタブを開ける。

「東京のじいちゃんに」と僕が言い、

「東京の瞬一に」とじいちゃんが言い、
ノン、と缶を当てて、乾杯する。

飲む。

「久しぶりのビールはうまいな」とじいちゃんが言う。

「僕もやっとビールをうまいと感じるようになったよ」

「あんまり飲みすぎるなよ」

「気をつけるよ」

「でも、まあ、時には羽目を外すことも必要だ。あくまでも、時にはな」

「気をつけて、外すよ」

「それがいい。どこかでは、気をつけとけ」

「うん」

鶏大根の大根を食べて、じいちゃんは言う。

「お惣菜。こういうのも、うまいもんだな」

「今、コンビニのものは何でもうまいよ。弁当も惣菜もうまいし、そばもそうめんもうまい。ラーメンとかのあったかい汁ものも、電子レンジでできちゃうからね。で、やっぱりうまいし」

「自炊はしないのか？」

「いずれするよ。そのほうが安いことは安いだろうから。でも一人だと、無駄も多いのかな」

「瞬一」

「ん？」

じいちゃんはやや間を置いて言う。

「火は、だいじょうぶか？」

「だいじょうぶ。自炊ができないほど怖くはないよ。だから自炊をしないわけではない」

だからではない。それも理由の一つにはある、というだけだ。でも怖いことは怖い。じいちゃんには言わないが。

「そうか。ならよかった」

話題を変えるべく、僕は言う。

「ねえ、じいちゃん」

「何だ？」

「もしあれなら、ここに住めば？」

多くのことを端折って、そう言った。じいちゃんも来年は七十だし、一人だし、村よりはこっちのほうがいろいろ便利だし。と、そんなようなことを端折って。

じいちゃんはビールを飲む。缶をミニテーブルに静かに置いて、言う。

「じいちゃんは村の人間だ。村でしか生きていけない」

「でも、住めば慣れると思うよ」

「慣れるのは、瞬一が若いからだ。若くてやわらかいからだ。じいちゃんはもう硬い」

「そんなことは、ないと思うけど」

「瞬一はじいちゃんみたいになるな。町で、人のなかで生きていける人間になれ」

昼間、ふれあい橋で東京スカイツリーを眺めながら言われたことを思いだす。頼る側じゃなく、頼られる側でいろ。というあれだ。

じいちゃんにこう尋ねてみる。

「町に住む摂司さんみたいな人間になれってこと？」

「あぁ。そうだな」とじいちゃんは笑う。「町に住む摂司。それが一番だ。摂司みたいに、地域を守れる人間になれ」

「町は、広すぎて守れないよ」

「ならせめて人を守れ。人を守れる人間になれ」

中華炒めのきくらげを食べ、ビールを飲む。キャベツの浅漬も食べ、ビールを飲む。

言わない。言わないが。

身内でも何でもない人の長所を素直に認め、自分ではなくその人のようになれと言えるじいちゃんのような人に、僕はなりたい。

11

村ではたまに観光客の人に道を訊かれることがあった。

意外にも、それは東京でもある。ほとんどの人がスマホを持ってて、そこにはほぼ確実に地図アプリが入ってるのに、だ。

でもわかる。古くからある東京の住宅地の道は、ひどく入り組んでるのだ。妙な角度で曲がったり、急に行き止まりになったりする。

銭湯はどこですか？　と今日も訊かれた。

そう。銭湯。平井にもあるのだ。いまだに銭湯が。

それも東京ならではだと思う。要するに、人が多いのだ。さすがに乱立はしない。が、一軒二軒ならやっていける。と、そんな具合。それこそ古くからあるアパートにはフロがないのかもしれない。フロはあるがたまには大きなフロに入りたい、という人もいるのかもしれない。

ただ、そんな人たちなら場所を知らないはずはない。だから、近くに住む人ではないのだと思う。たぶん、わざわざ入りに来た人。なかにはそういう人もいるだろう。銭湯巡りが好き、というような人だ。

僕に道を訊いてきたのは、五十代ぐらいの男性だった。そのときは僕自身、道を歩いてた。バイトをしてたコンビニの近くの道だ。銭湯から直線距離にすれば百メートルぐらいの辺り。

訊かれたので、説明した。

えーと、三本めの道を右に曲がってもらって、幼稚園の角を今度は左に曲がってもらって、次の道をまた右に曲がってもらって、まっすぐ進んだ先のブロックの右側です。

わかりました。ありがとうございます。とその人は言ったが。

わからないだろうな、と思った。

そこで、別れたあとも見てると。

三本めではなく、二本めを右に曲がってしまった。

あわてて小走りに追いかけ、背後から声をかけた。

「あ、すいません。もう一本先です、曲がるの」

「あぁ、そうでしたか」

「まあ、ここからでも行けますけど。えーと」

説明してもわからないだろう。

ということで。

「あの、もしよかったら、案内しますよ」

「いいんですか？」

「はい。近いので」

「すいません。たすかります」

案内した。

聞けば。まちがえて、もう一軒ある銭湯のほうに行ってしまったという。地図を見ればわかるだろうと思ったが、わからなかった。スマホのＧＰＳ機能をつかえばいいのだが、その設定法もわからない。

目的の銭湯には、二分ほどで着いた。

「たすかりました。ありがとう」

「いえ。では」

その人と別れ、右左折をくり返して、筧ハイツに戻った。階段を上り、ドアのカギを解いてなかに入る。

このあと何時に行けばスーパーの弁当に割引シールが貼られてるかなぁ。今日はミックスフライ弁当あるかなぁ。

と考えてると、ウィンウォーン、とチャイムが鳴った。

インタホンの受話器をとる。

「はい」

「あの」のあとに少し間ができる。

女性。というか、女の子。言い方の感じでわかる。

「彩美ちゃん？」

「そう」

「何？」

「くも」

「え？」

「出た」

「えーと、ちょっと待ってね」

　受話器を戻し、玄関へ。サンダルをつっかけて、ドアを開ける。外には彩美ちゃんがいる。顔の位置が低い。僕を見上げてる。

「くもって」と僕が言う。「虫の蜘蛛（くも）だ?」

「そう」

「出たんだ?」

「出た。大きい」

　もうあれこれ言わない。ただ言う。

「よし。じゃ、行こう」

　敦美さんもいやではないみたいだからいいだろう。彩美ちゃんに続き、二〇二号室、君島家に入る。

　今回も洋間。彩美ちゃんの学習机が置かれてる部屋。

　見当たらない。と思ったら。

　彩美ちゃんが上を指す。

「そこ」

　前回の蛾は壁だったが、今回は天井。壁同様白い天井に、蜘蛛が張りついてる。重力に逆らって。

「うぉっ」と思わずのけぞってしまう。

デカい。というか、脚が長い。気持ち悪い。秋の蜘蛛。結構遅くまで出るのだ。夏だけと言わず。

彩美ちゃんは今回も部屋に入ってこない。ダイニングキッチンに立ち、こちらの様子を窺(うかが)ってる。ただ、説明はしてくれる。

「学校から帰って宿題してた。そしたら、いた」

「初めからそこに？」

「そう。上見たら、いた」

「そっか」

「こないだ、小さいのは我慢した。でもこれは無理」

「わかるよ。これは無理だ」

彩美ちゃん。今回は呼びに来てくれた。これだけの大物なら呼ぶだろう。

蜘蛛は益虫。害虫を食べてくれる。でもこれは。あまりにもデカい。彩美ちゃんのため。やむを得ない。

さて、どうするか。

天井。僕なら手は届くが、指先が触れる程度。ティッシュペーパーでいきなりつかみとることはできない。

　ではどうするか。

　プロにまかせるしかない。ゴキジェットプロ。蛾では試せなかったが、ゴキにいけるなら蜘蛛もいけるはず。

「またこれ借りるね」と彩美ちゃんに言い、棚からゴキジェットプロをとる。

　振ってみる。だいじょうぶ。中身は充分ある。

　スプレー缶の口を天井に向け、噴射。驚いて自ら動いたのか、噴射の勢いに押されたのか。蜘蛛はふわりと宙を舞い、ぽとりと床に落ちる。そして前に進む。思いのほか速い。

　この手の脚長タイプは動きが遅いと予想してた。そうでもない。蜘蛛は壁の隅に寄り、シュルシュルと進む。ちょうど何もないところへ行ってくれたので、そこへ噴射。蜘蛛は動きを弱め、やがて止まる。

「終わったよ」と彩美ちゃんに声をかける。「ちょっとトイレに行くね」

　トイレに入り、トイレットペーパーを巻きとって、洋間へと戻る。

　何重にもしたペーパーで蜘蛛をふんわり包みとり、残りのペーパーで、薬剤によって湿った床を拭いた。そして彩美ちゃんに言う。

「こういう薬は体によくないだろうから、一応、窓を開けて空気を入れ換えて。ちゃんと網戸にはしてね。ほかの虫が入ってこないように」

「網戸にする」と彩美ちゃん。

「五分ぐらい開けとけばだいじょうぶだから。いや、念のため、十分かな」

二ヵ所の窓を開けて風が通るようにすれば五分で部屋の空気は入れ換わる、と聞いたことがある。窓は一つだから、念のため、十分。

「じゃあ、これはまた僕のところで流すから」

そう言って、玄関に戻り、サンダルを履く。

「ありがと」と彩美ちゃんに言われる。

「どういたしまして」と返す。「また出たら呼んで」

「呼ぶ」

「僕が部屋にいるときに出てくれればいいけど」

「帰ってくるまでは、がんばる」

その言葉につい笑う。

「うん。そうして。じゃあね」

彩美ちゃんはさらに言う。

「トマト食べた」

「あぁ。そう」

「おいしかった。しいたけは嫌いだけど、トマトは好き」

「ならよかった。おいしいよね、トマト」

「おいしい」

「僕が住んでた村では、たくさんつくってるんだよね。つくってる友だちもいるし。じゃあ、また」

二〇二号室を出て、二〇一号室に戻る。

トマト。じいちゃんが送ったのだ。大家さんにだけでなく、得三さんと敦美さんにも。三人から、相次いでお礼を言われた。じいちゃんに伝えます、とそれぞれに返した。実際、じいちゃんには電話で伝えた。みんな喜んでたよ、と。それを聞いて、じいちゃんも喜んだ。

敦美さんはその後すぐに、トマトと玉子の炒めものをつくって持ってきてくれた。トマトを炒めちゃうのか、とまず驚き、食べてみて、そのおいしさにも驚いた。トマトの手柄なのか敦美さんの手柄なのか、もうよくわからなかった。どっちもだろう、と結論した。

新宿からバスで片品村に帰ると、じいちゃんは到着の報告も兼ねて電話をかけてきた。そして、大家さんと一階の人と二階の人、の名前を僕に尋ねた。トマトを送るためにだ。三人の名前と筧さんの住所番地と得三さんと敦美さんの部屋番号を教えた。瞬一の友だち、多聞くんのところに頼むよ、とじいちゃんは言った。多聞のところ、諸岡家は、栽培したトマトを各地に発送したりもしてるのだ。

大家さん夫婦と得三さんと敦美さん彩美ちゃん親子。平井の五人が片品村のトマトを食べたのだと思うと、何かうれしい。

トマトのお礼を言いに来たとき、得三さんはこうも言ってくれた。あの就職の話、本当にいつでも言ってくれていいからね。

あの就職の話。湯本紙業の話だ。

悪い話ではない。本当にありがたい。が、僕自身はちょっと難しいかもしれない。僕は、やはり自分の体を動かしたいのだ。フォークリフトやトラックを動かすのでなく。

そして今。ふと思う。万勇は？　と。

社員の豊浦さんを殴ったことでアルバイト登録を抹消された万勇は、もちろん、仕事には来なくなった。ただ、最後、あの公園でＬＩＮＥのＩＤだけは聞いてたので、何度か連絡はした。

万勇はほかの引越会社でバイトをしてる。さすがにただのアルバイト。業者同士で共有するブラックリストに名前が載って採用をためらわれる、というようなことはなかったらしい。

僕が勤める支店のほうでも動きはあった。豊浦さんがよその支店に異動になったのだ。

十月の異動だからおかしくはない。でも急は急。原因はそのことらしい。ゆず穂さんに付きまとってたことが問題行動だと判断されたのだ。

万勇はそれを知ってた。何故か。ゆず穂さんが話したからだ。いつ話したのか。ゆず穂さんが万勇とご飯を食べたときだ。

そう。万勇はゆず穂さんとご飯を食べた。連絡をとったのはゆず穂さんから。そこは万勇。ＬＩＮＥのＩＤはすでに教えてたのだ。

ゆず穂さんは万勇に謝り、そしてお礼を言った。メッセージではなく、通話で。謝ったのは、万勇がアルバイト登録を抹消されてしまったから。お礼を言ったのは、万勇が自分のために動いてくれたから。

で、万勇はどうしたか。告白した。まただ。

とりあえず、二人でご飯を食べることになった。その席でも、万勇は告白した。ゆず穂さんの返事はこうだった。今は付き合うとは言えない。このままアルバイトを続けるのでなく、どこかに就職してほしい。そうしてくれるなら、付き合うことも考えたい。

だから今、ふと思ったのだ。トマト→彩美ちゃん→得三さん、の流れで。得三さんに、万勇を紹介してもらうことはできないかな、と。

正直、自信はない。まったくない。こう言っては何だが、万勇は誤解を受けやすいタイプだ。仲間からはいいやつだと言われるかもしれないが、仲間以外からは、たぶん、言われない。

でも、僕があいだに入ることはできる。僕が得三さんに万勇のよさを伝えることはできる。できるのだから、したい。

得三さんと万勇。どちらに話すのが先か。まずは万勇だろう。万勇に勤める意思がなければ始まらない。

万勇に連絡をとってみた。そこも通話でだ。

僕からの電話で驚く万勇に、一から説明した。

アパートの下の部屋に住む得三さんの弟が湯本紙業の社長さんであること。湯本紙業は古紙リサイクル業の会社であること。フォークリフト免許や中型免許はおそらく必要になること。若い人材をほしがってること。得三さんに言われたこと。だから、誰かを紹介してほしいと言われたわけではないこと。何なら江藤くんどうかと得三さんに言われたこと。でも万勇がその気なら僕が得三さんに紹介するつもりでいること。断られる可能性もあること。

「フォークリフトかぁ」と万勇は言った。「考えたこともなかったよ」

「もしいやでなかったら、考えてみない？」

「いやではねえよ。つーか、おもしろそうじゃん。おれさ、メカ的なもんは結構好きなんだよ。だから工業高校に行ったってのもあるし。ただ、瞬はいいのか？」

「ん？」

「瞬がその話を受けなくていいのか？　その得三さんは、瞬に話を持ちかけてきたわけだろ？　瞬だから言ってきたんだよな」

「僕は、もう一つ乗りきれないんだよね。機械を動かすより自分の体を動かすほうが好きだから」

「マジか。機械を動かすほうが楽じゃん」

「そうだけど」

「おれに譲ってくれてるわけじゃないよな？　ほんとは瞬が自分でやりたいのに、おれがこうなったから譲ってくれてるわけじゃ、ないよな？」

「ちがうよ。僕はそんな気づかいはできない」

「いや、できそうだし。しそうだし」

「じゃあ、もしかしたらすることもあるのかもしれないけど。今のこれはほんとにちがうよ。だから安心して。得三さんに、話してみていい？　万勇はやる気あるみたいだって。いや、みたいじゃなく、やる気あるって」

「ほんとにおれでいいんだな？」

「だからいいよ」

「じゃあ、頼むよ」

「了解。今日明日のうちに話してみるよ」

今日明日。だったら今日。

アパートの階段を下りていき、一〇一号室を訪ねた。得三さんはいてくれた。インタホンのチャイムを鳴らし、江藤です、と言うと、すぐに出てきてくれた。

そこで万勇のことを話した。場所を河川敷に移したりはせず、その場で。

あれは話してこれは話さない。そういうのはなしにした。万勇について僕が知ってることはすべて話した。万勇が高校をやめたこと。一人で暮らしてること。引越バイトの同僚だったが、今は別の会社にいること。そして、そうなった原因。

それも濁さなかった。この人を会社にどうですか？と薦めるのだ。そこを濁してはいけないような気がした。知ってもらったうえで、判断してもらわなければいけない。

「そうか」と得三さんは言った。「万勇くんが手を出したのは、よくないね」

「はい」

「でもそうした理由は、悪くない」

「僕の話でうまく伝わったかわかりませんけど。万勇は、その社員さんとちがって、女性社員さんに付きまとってたとか、そういうのではないです。これはほんとに。無理を言ったりはまったくしてませんし、いやな思いだって、少しもさせてないと思います」

「だいじょうぶ。それは伝わってるよ。万勇くんがそんな人だとは、僕も思わない。江藤くんがそう言うなら、そのとおりの人なんだと思うよ。裏表のない人なんだね、きっと」

「高卒でないとダメとか、そういうのはありますか？」

「いや、ないはず。一応、確認はしてみるけどね。でも、ほら、社長は弟なわけだから、原則ダメだったとしても、弟がいいと言えば、いいでしょ」

　弟さん。いいと言ってほしい。その前にまず、学歴不問であってほしい。

「正直、学歴が高い人をとる会社ではないんだよ。だからというわけでもないけど、過去にはひどい人もいたみたい。何も言わずにやめちゃうとか、それこそ暴力沙汰を起こしちゃうとか」

「そうなんですか」

「ひどい人間なんて、世の中にはたくさんいるよ。ひどくはなくても何かのきっかけでまちがいを起こしちゃう人間もいる。大事なのは、まちがいを起こしたあとだよね。そのあとにどう動けるか。なかにはきちんとやり直せる人間もいる。でもやっぱりダメな人間もいる」

「はい」

「って、ごめん。また説教くさくなった。ほんと、歳はとりたくないね。自分がいやになるよ。知ったようなことを言っちゃって」

「いえ、そんな」

「これも正直、ちょっとだけ残念だよ。江藤くんなら即採用なのに。採用しなきゃ後悔するぞって、自信を持って弟に言えるしね」

「それは、えーと、すいません。僕は、機械を動かす仕事じゃなく、自分の体を動かす仕事がしたいなと思って」
「わかる気がするよ。一度ではあるけど、おじいさんのことも見てるし。何だろうね。血は受け継がれてる感じがする」
トマトのお礼を言いに来てくれたとき、得三さんに、じいちゃんがかつて歩荷をしてた
ことを話した。ご自分でトマトをつくってるの？　と訊かれたからだ。

得三さんは歩荷を知ってた。そして、感心した。おじいさん、体はそんなに大きくなか
ったよね、と。だからつい自慢した。昔は百キロの荷を持ってたんですよ、と。

「話はわかった」と得三さんが言う。「僕から弟に話してみるよ」

「ありがとうございます。一度、万勇を連れてきますか？」

「いや、だいじょうぶ。僕は面接官でも何でもないから。採用する権利もないしね」

「じゃあ、もう一度万勇の意思を確認して、また来ます」

「うん。そうして」

「突然押しかけて勝手な話をしちゃって、すいません」

「いやいや。僕にも弟にもいい話だよ」

「じゃ、失礼します」

「どうもね」


ドアが閉まるのを見届けて、階段を上り、二〇一号室に戻る。

すぐに万勇に電話をかけた。

「おっ、採用決定？　出勤はいつから？」とふざける万勇に、言う。

「ねぇ、万勇。これはちょっと真剣な話」

「ん、何？」

「あのさ、ほんとに、やる？　ちゃんとやってくれる？」

「何よ、いきなり」

「就職したことがない僕がこんなことを言うのも何だけど。正社員になったら、バイトみたいに気楽な感じではやれないと思うんだよね」

「まあ、それはそうだろうな」

「いい加減なことはさ、絶対にしてほしくないんだよ」

「おれがいい加減なことをすると？」

「そうじゃない。僕自身の問題。僕自身が、自信を持って、万勇を紹介したいんだよ」

万勇は少し黙ってから、言う。

「瞬に自信を持たせる自信はおれにもねえよ。けど、ちゃんとやる。その気ではいる。だって、ゆずっちと付き合いてえし。結婚してえし。と、こんなんじゃダメか？」

それを聞いて、僕も少し黙る。

結婚。そこに冗談の響きはない。まったくない。計八度の告白で、一緒にご飯、まではたどり着いた。その先だって、あるかもしれない。本気で感心する。すごいな、万勇。

「ダメじゃない」と僕は言う。照れ隠しに、ちょっとふざける。「合格」

万勇が笑う。スマホ越しでもそれがわかる。笑顔が想像できる。

クシッという音が聞こえる。万勇が言う。

「今の、何かわかる？」

「缶？」

「そう。ペプシを開けた。飲もうとしてたら、この電話がかかってきたんだよ。切ってから飲もうと思ったけど、開けちった。乾杯」

「乾杯って」

「わかってるって。まだ採用されると決まったわけじゃないよ」

「ダメならそんときはそんとき。これは、瞬がこうやっていい話をくれたことへの、乾杯」

万勇がペプシを飲んだのか、また少し間ができる。

「あのあと、結構考えたのよ。豊浦を殴ってバイトをクビになった、あのあと。マジで瞬に救われたんだなって思った。あそこで瞬が止めてくれてなかったら、ほんと、ヤバかった。高校の一度で懲りてたはずなのに、二度め。今度こそ、懲りたよ。今回は自信ある。もう懲りた。三度めはない。ゆずっちにもそう言ったし」

昔じいちゃんに言われたことを、今、万勇に言う。

「自分から手を出すのは、ダメだよ」

「そう言われたよ、ゆずっちにも」

ゆず穂さんと万勇。本当に結婚してほしい。

12

隣室のインタホンの音は、普通、聞こえない。特に、隣室といっても玄関が向かい合わせになってるこの筧ハイツB棟のような造りでは。

ただし、聞こうと思えば聞こえる。だから、いつも聞こえてはいるのだが意識はされない、と言うべきか。何もせずぼんやりしてるときに鳴らされてふと気づく。そんなことはある。

このときもそうだった。村のことを考えてた。じいちゃんや摂司さんのことをだ。ただ漠然と。村を守る人はやっぱり必要だよなぁ、とか、そんなようなことを。

そしてそれが微かに聞こえてきた。ウィンウォーン。

ウチではない。音は同じだが、ずっと小さい。さすがに一階のそれまでは聞こえないから、二階。隣の君島さん。

午後七時半すぎ。敦美さんが帰ってきてもおかしくない時刻だが、チャイムへの反応はない。来訪者がインタホンに向けてしゃべる声は聞こえない。

次いで、もう一度。ウィンウォーン。

さすがに彩美ちゃんはいるはずだが、動きはない。一人でいるときに誰かが来ても応対しなくていいと敦美さんに言われてるのかもしれない。

だとしたら僕も、万が一何か用事ができて訪ねるときは、チャイムを鳴らしたあとに、二〇一号室の江藤です、と声をかけるべきかもな。

と、そんなことをまさにぼんやり考えてたら。

ドアをノックする音が聞こえてきた。コンコン、ではない。トントン、でもない。ドンドン！

驚いた。

何かの勧誘の人がたまにこれをやる。チャイムを鳴らしたあとにドアをノックし、こんにちは〜、などと言うのだ。いらっしゃいますよね〜、わかってますよ〜、という感じに。それでも、こんなふうには叩かない。そこはコンコンにとどめる。

そしてこんな声が聞こえてくる。

「おい。いるのはわかってんだよ。出ろよ」

緊張が走る。一瞬にして空気が固まる。外だけでなく、この部屋の空気までもが。穏やかではない。見知らぬ相手に物を売る者の態度ではない。何らかの信仰を勧める者の態度でもない。

ドンドン！　と再びノック。

さらに。

「おい！」

これはちょっとよくない。よくないどころではない。あやうい。

玄関に行ってサンダルをつっかけ、ドアを開けて顔を出す。その音に気づき、来訪者がこちらを見る。三十代半ばぐらいの男性。意外にもスーツ姿だ。背は高め。といっても、僕よりは低い。たぶん、百八十センチないぐらい。

何を言えばいいかわからないので、自分からは声をかけない。

「何」と言われる。

語尾は上がらない。むしろ下がる。何？　という質問ではない。何だよ、という文句に近い。

「いえ、別に」と返す。「どうしたのかなと」

「どうもしないよ。訪ねてきただけ」

「そうですか」

「そうだよ」

僕は男性を見る。男性も僕を見てる。何なんだこいつ、という感じに。

「戻れば」と男性が言う。

「いや、でも」

「でも何」

「えーと、だいじょうぶなんですか？」

「何がよ。訪ねてきただけだって言ってるだろ。何なんだよ」

苛立ちが口調に出る。どう見ても僕が歳下だからか、言葉づかいも荒くなる。

「出ないなら、いないいんでしょうし」

「いるんだよ。わかってんの。口出すなよ。知り合いか何かか？」

「隣人、ですけど」

「なら引っこんでろよ。関係ないだろ」

「いや、でも」ともう一度言ったところで、不意に二〇二号室のドアが開く。

そして敦美さんが顔を出す。

「入って」と男性に言う。次いで僕にも言う。「ごめんなさい、うるさくして」

「いえ」

「ほら」と男性が言う。「何でもないって言ってるだろ。下がれよ」

「だいじょうぶですか？」とこれは男性にでなく、その向こうの敦美さんに言う。

「だいじょうぶだよ」と答えるのは男性だ。「だいじょうぶかって何だよ。どういう意味だよ」

「ちょっと、やめてよ」と敦美さん。「いいから入って。もうわかったから」

男性は軽く舌打ちしてなかに入る。舌打ちは僕だけに向けられたものではないように聞こえる。

男性がドアを閉める際、なかにいた彩美ちゃんの姿がチラッと見える。そこにいるとわかるだけ。顔までは見えない。でも想像はできる。笑顔、ではない。いやな言い方をすれば。虫が出たときのような顔、だ。ドアがバタンと閉まる。男性が閉めたからだ。初めてそのドアが荒々しく閉められたのを見る。

自分の部屋のドアを静かに閉め、洋間に戻った。

考える。

やらかした、かもしれない。

僕が出ていったのは、あくまでも来訪者に隣人の存在を知らせるためだ。隣人の僕がこうしてあなたの姿を見てしまいましたよ。だからあなたはおかしなことはできませんよ。そう伝えるため。警告するため。でも、逆効果になってしまったかもしれない。男性を刺激してしまったかもしれない。

敦美さんと彩美ちゃんは部屋にいた。もちろん、誰かの手でインタホンのチャイムが鳴らされたことはわかってた。出ない、という選択をした。出たくない相手だったのだ。来ることを予測してたのか、ドアの覗き窓で確認したのか。そこまではわからない。来たのが宅配便業者なら出たはずだ。来たのが僕でも、出てくれたはずだ。

もしかすると、二人はドアの内側で息を潜めてたのかもしれない。居留守だとわかられても、それで押しとおすつもりでいたのかもしれない。でも出ざるを得なくなってしまったのだ。僕の声が聞こえてきたから。

耳を澄ませてみる。自分の部屋なので、盗聴にはならないだろう。当然だが、何も聞こえてこない。だからといって安心はできない。これで怒声が聞こえてくるようなら、相当マズい。

もしも本当に怒声が聞こえてきたらどうするか。そんなとき、アパートの隣人はどうすればいいのか。駆けつけるのか。知らんぷりをするのか。大家さんや管理会社の人を呼ぶのか。いきなり一一〇番通報をするのか。

村でなら、何かありましたか？　と声をかけるだろう。隣人は知人なので、そうするのが普通。アパートなどなく、ほぼすべてが一戸建て。隣がやや離れてることもある。が、何かあったと思えば声はかける。気になるし、心配にもなるから。

でも東京のアパートの場合はどうか。そういうことは、村か町かで変わるのか。一戸建てかアパートかで変わるのか。変わるのかもしれない。たすけてほしいと言われない限い。
り、たすけるべきではないのかもしれない。余計なことをするべきではないのかもしれな

幸い、怒声は聞こえてこない。聞こえてこないまま、一日は終わる。

その翌日は、仕事を入れてない日だった。

午後は二軒のスーパーに行き、あれはあちらが安い、これはこちらが安い、を見極めて、買物をした。

四時すぎに敦美さんが訪ねてきた。敦美さん自身も休みだったらしい。

ウィンウォーン。

「はい」

「こんにちは。君島です」

「どうも」

「昨日はお騒がせしました」

「あ、いえ」

「何か、江藤さんに失礼なことも言ってしまって」

あの男性が言ってしまって、ということだろう。

「それは別に。えーと、出ます」

出た。

玄関のドアを開け、外にいる敦美さんと顔を合わせる。

「すいません。戻ってこられる音が聞こえたから、今日はお休みかと思って」

「はい。休みです」そして無用な説明をする。「スーパーに行ってきました。二軒」

「二軒」

「ものによって、安いほうで買おうと」

「それ、わたしも同じです」と敦美さんが笑う。「二軒が近いから、そうしちゃいますよね」

「しちゃいます」

「と言いつつ、通りを渡らなきゃいけないから、面倒なことは面倒なんですけど」

「はい」

「って、ごめんなさい。こんなことを言いに来たわけじゃないのに」敦美さんはあらためて言う。「昨日は本当にすいませんでした」

「こちらこそ、すいません。何か、首を突っこんだみたいになっちゃって」

「いえ。あんなふうにドンドンやられたら、誰だって驚きますよ。一階のお二人にも聞こえちゃったでしょうね」

「どう、でしょう」

聞こえちゃった、かもしれない。

「あの、江藤さん」

「はい」

「このことは、大家さんに言わないでもらえますか？　周りのかたにご迷惑をおかけしたということで、出ていかなきゃいけなくなったら困るので」

「言いませんよ。迷惑なんてかかってないですし。二階の僕でそうだから、一階のお二人もだいじょうぶだと思います」

「ありがとうございます。すいません、いやなお願いをしてしまって」

「いえ。それで、あの」

「はい」

言うか言うまいか迷う。何故かじいちゃんの顔が頭に浮かぶ。言ってしまう。

「敦美さん、だいじょうぶですか？」

敦美さんはやや驚いた顔で僕を見る。

立ち入りすぎたか、と思う。隣人。しかもずっと歳下の男。いやだろう、そんなことを言われたら。

だいじょうぶかどうか、答える代わりに敦美さんは言う。

「一階の笠木さんから聞きました。江藤さんは、河川敷を走ったりなさるんですよね？」

「はい。いつもではないですけど、たまに。気が向いたら」

「今日は、もう走っちゃいました？」

「いえ」

「走ります？」

「どうしようかなぁ、と思ってます」

「走るのはやめて、歩きませんか？　お散歩、しませんか？」

「散歩」

「彩美と三人で。彩美も、行くって言うと思いますし」

「言い、ますか？」

「言いますよ。ちょっと待ってください」

　敦美さんは二〇二号室のドアを開け、なかに声をかける。

「彩美。江藤さんとお散歩しない？　河川敷を歩くの。行かない？」

　間を置いて、彩美ちゃんの声が聞こえてくる。姿は見えない。声だけ。

「行く」

　敦美さんがこちらを見て言う。

「だそうです」

「じゃあ、えーと、行きますか」

　部屋に戻って支度をし、十分後にそれぞれ外に出た。

もう十二月。さすがに寒いので、三人ともダウンを着てる。敦美さんがベージュで、彩美ちゃんが水色。僕は黒。冬でも走るときはTシャツにハーフパンツだが、歩くならそれでいい。

三人で道路を渡り、堤防の階段を上って、土手に出る。そして舗装道に下りる。

「いつもはどちらへ？」と敦美さんに訊かれ、

「走るときは海のほうで歩くときは上流のほう、ですね」と答える。

「じゃあ、上流へ」

「はい」

平日だが、散歩者は多い時間帯。人だけでなく、犬もいる。自転車も行き来する。

三人でゆっくり歩く。左から、僕、敦美さん、彩美ちゃん、という並び。彩美ちゃんは小学三年生。敦美さんと手をつないだりはしない。三年生だともうしないんだな、と思う。人と歩くのは久しぶり。じいちゃんと歩いたとき以来だ。

敦美さんが、得三さんと同じことを言う。

「ここはいいですよね、季節によってちがう花を見られたりして。今は冬だから、さすがに無理ですけど」

「そういえば、花、咲いてますね」

「春はポピーで、秋はコスモス。きれいです」

「春のあれ、ポピーっていうんですか」

あれ、と言いつつ、花の形までは思いだせない。思いだせるのは、咲いてる全体の感じのみ。

「そう。ポピーです」

「コスモスは知ってますけど、ポピーは知りませんでした」

「ケシの花。だからヒナゲシもポピーですよ。シャーレイポピー、だったかな」

ヒナゲシ。それも名前しか知らない。シャーレイポピー、に関しては、名前さえ知らない。

「もしかして、出世魚みたいなものですか？　イナダがワラサになってブリになる、みたいな」

「それとはちがうかも」と敦美さんが笑う。

その向こうで彩美ちゃんも笑う。笑わせたわけではない。笑われた感じ。ちょっと恥ずかしい。

「江藤さんは、いつから筧ハイツに住まれてるんですか？」

「四年前、ですね。その四月から。十八のときからです」

「群馬から出てこられたんですよね？」

「はい」

「進学、ですか？」

「いえ」

「じゃあ、就職」

「というわけでもなくて。いや、ないこともなくて。何というか、とりあえず出てきました。で、とりあえずアルバイトをしました。それは今もですけど」

「ずっと引越屋さん？」

「初めはコンビニでした。引越は、去年の六月ぐらいからです。体を動かす仕事がしたくて、移りました」

「歩いて通ってらっしゃるんですよね？　二十五分」

「はい。亀戸のほうまで行きます」

「わたしも、小松川三丁目からバスに乗って亀戸に行きますよ。そこで乗り換えです」

「小松川三丁目。僕も近くを通りますよ」

「こないだ、そこでバスを待ってるときに、横の人たちが話してるのを聞いたんですけど。小松菜ってあるじゃないですか。お野菜」

「はい」

「その小松菜っていう名前、実は小松川からきてるらしいですよ」

「そうなんですか」

「江戸時代にその辺りでつくられ始めたとかって」

「そのころは畑みたいなものが、あったんですね」

「ということですよね。わたしも驚きました。それで何か親しみを感じちゃって。小松菜をよく買うようになりましたよ。晩ご飯に出すことが多くなりました。ね？　彩美」

「うん」と彩美ちゃんが返事をする。

「彩美も小松菜、好きだよね？」

「普通」

「好きって言ってよ」と敦美さんが苦笑する。

僕も笑う。苦笑ではない。ちゃんと笑う。

前から一人のおばあちゃんが僕ら以上にゆっくり歩いてくる。

すれちがいざま、敦美さんが言う。

「こんにちは」

それだけ。お互いに立ち止まったりはしない。おばあちゃんはもとからの笑顔をさらなるやわらかな笑顔にして去っていく。

しばらくしてから尋ねてみる。

「近所のかたですか？」

「あ、いいえ。ちょっと頭を下げてくれたので。つい声が出ちゃいました」

「あぁ」

「こんなふうに歩いてると、そうしてくださるかたは多いですよ。特にご高齢のかた。彩美を連れてるからなんでしょうね」

　彩美ちゃんを連れてるから。それだけではないだろう。たぶん、敦美さんだからでもある。変に目をそらしたりしないのだ。もちろん、じっと見たりはしない。が、知らない人だからと、あえて見なかったりもしない。人を無駄に拒まない。そういう人なのだと思う。

　JR総武線の高架をくぐる。そしてもう少し歩き、少年サッカー場のところで足を止める。そこまでで二十分。散歩としてはちょうどいい感じだ。平日なので、少年サッカー場は空いてる。グラウンドは土。でも砂が交じり、全体的に白っぽく見える。きれいに均されてる。

　わきのベンチに座る。川に向かう形でだ。

「一階のムロヤさん」と敦美さんが言う。「わたしたちの下、一〇二号室の」

「はい」

「ここで少年サッカーチームのコーチをなさってるらしいです」

「そうなんですか」

「はい。土日によくジャージ姿で出ていかれることがあって。サッカーボールを持ってる

 こともあったので、訊いてみたら、そうおっしゃってました。頼まれたからコーチをしてるんだと」

ムロヤさん。室屋さん、だという。

「室屋さんと笠木さん、それに江藤さん。まさかほかの三室のかた全員と顔見知りになるとは思いませんでした。大家さんも含めて皆さんいいかた。よかったです」

まだ座ったばかりなのに、彩美ちゃんが立ち上がる。

「ママ。水見てくる」

「気をつけて」と敦美さん。「川に落ちないでよ」

「そんな近くには行かない」

ここは旧中川の河川敷とちがい、水辺に道はない。でも近くには行けるのだ。

彩美ちゃん、本当に落ちないだろうな、とちょっと不安になる。よく見てよう。万が一姿を消したら、ダッシュで駆けつけよう。火は苦手だが、水は平気なのだ。と言うほどでもないが、少なくとも、怖くはない。僕は海なし県の出身だが、泳げないこともない。

彩美ちゃんはグラウンドを横切らない。きちんとわきの芝地を歩く。ゴールの裏をまわっていく。後ろ姿が小さくなる。小学三年生。そもそも小さいのに、もっと小さくなる。気をつかってくれたのかな、とふと思う。敦美さんが僕と話しやすいように。

「元夫です」と右隣の敦美さんが言う。「昨日のあの人」

「そうですか」

敦美さんは名前まで明かす。里村照士（さとむらてるし）、だそうだ。

「今の住所は教えてなかったんですよ。でも、何だかわからないけど、知られちゃって。その気になれば簡単に調べられるんでしょうね、住所なんて。どこかには、必ずいるわけですから。それで、ああやって押しかけられちゃいました」

「あぁ」

「結婚してしばらくは普通だったんですけどね。彩美が生まれた二年後ぐらいからそれが始まって」

「それ」

「暴力。ちょうど役所ですごく大変な部署に行かされたころで、そのストレスもあったんでしょうけど」

「役所、ですか」

「公務員なんですよ。市役所の職員」

敦美さんは市名まで挙げた。都内。ずっと西のほうだ。かつては家族三人でその市に住んでたという。

「そのうち、彩美が見てるとこでもわたしを叩くようになったんで、離婚することにしました。彩美に手を出される前にと思って」

「すぐにできたんですか？　離婚」

「時間はかかりましたね。もらうのは慰謝料だけ。養育費はいらないからっていうことで、弁護士さんに話をまとめてもらいました。その代わり、彩美には会わせないということで」

敦美さんにとって不利な条件、なのだろう。養育費ももらって、彩美ちゃんには会わせない。それでもいいくらいだ。手を上げてたなら。

「わたしがいないとこで彩美も何度か叩かれてたことは、あとになって知りました。それもあって、彩美は男の人を警戒しちゃうんだと思います。すいません。ほんとに無愛想で」

「いえ。もうまったくそんなふうには感じないです。もうっていうのも、あれですけど」

「確かに、わたしもちょっと驚きました。部屋に蛾が入ってきて江藤さんにたすけを求めたって聞いたとき。だいじょうぶな人のことはちゃんとわかるんだなって、うれしくなりましたよ」

「僕どうこうじゃなくて。それだけ蛾が怖かったんじゃないですかね。実際、あれは大物でしたし。そのあとの蜘蛛も、やっぱり大物でした」

「でも江藤さんでなければたすけを求めてなかったと思います。その意味では、虫のおかげですよ。嫌いなんですけど、感謝はしなきゃいけないですね。でもやっぱり、出てきてほしくはない」

「出てきたら、また言ってください。やれる範囲でどうにかしますから」

「たすかります。じゃなくて。自分でどうにかするようにならなきゃダメですね。いつまでも江藤さんが隣にいてくださるわけじゃないですし。いてくださったところで、頼っていいわけでもないですし。本当にすいません、八歳も下のかたに頼っちゃって」

「八歳、なんですか」

「はい。わたし、今、三十一です。結婚が早かったんですよ。二十二で彩美を産んでます」

三十一歳。八歳も上。なのに、敦美さんは僕に敬語をつかう。つかってくれる。

「昨日は、あのあと、だいじょうぶだったんですか？」と尋ねてみる。

「ただ話しただけ。おかしなことはなかったです。江藤さんが出てきてくれたことで、向こうも冷静になったんだと思います」

「帰ったんですか？」

「はい。平井からだと一時間半はかかるんで、早めに帰っていきましたよ」

「また来るようなことは」

「それは、わからないです。来ないで、とは言いました。来たら通報する、くらい言いたかったんですけど、そこまでは。逆上されたら怖いので」

「そう、ですね」

「やり直したい、と言われました。さすがにそれははっきり断りましたけど」敦美さんは続ける。「何なんでしょうね。ほんと、不思議です。自分がしたことを、忘れちゃうんですかね。勘弁してほしいです」

公務員にもいろいろな人がいる。他人を気づかえる人もいるし、身内に手を上げる人もいる。鎌塚摂司さんのような人もいれば、里村照士のような人もいる。

「離婚する前に、キッチンでひどく殴られたことがありました。近くに包丁があって。殴ったあの人と殴られたわたし、同時にそれを見たんですよ。ひやっとしました。つかわれたら、と思ったんじゃなく。自分がいつか衝動的にその包丁をつかっちゃうんじゃないかと思って。それで加速した感じです、離婚に」

「そうですか」としか言えない。

すごい話だ。今の敦美さんからは想像もできない。追いこまれたら、誰でもそうなってしまうのかもしれない。身内からの暴力。逃げ場がない。

「親に相談できればよかったんですけど。わたし、一人で育ててくれた母親を早くに亡くしてるので。だから急いで結婚しちゃったようなところもあるんですよね。何ていうか、家族がほしくて」

それで結婚した相手が里村照士だったわけだ。

「江藤さん、ご両親は？」

すんなりそう訊かれ、すんなり答えてしまう。

「同じです。早くに亡くなりました」

そして父と母のことを一気に話す。敦美さんも話しにくいことを話してくれたのだから、僕も話す。火事のことを。僕のために両親が命を落としたことを。今もまだ火が怖いことを。

「小三」と敦美さんは言う。「今の彩美と同じ歳で、ご両親を亡くしたんですね。わたしよりずっと早い。わたしは高三のときだから。話を聞くだけでつらい。あるんですね、そういうこと。いえ。ありますよね、それは」

「でも、じいちゃんがいてくれたので」

「息子さんを亡くされるのもつらいですね。しかもその奥さんまで」

そう。僕は両親を亡くしてるが、じいちゃんは息子を亡くしてる。自分のことばかり考えて、たまにそれを忘れそうになる。親はたいてい自分より先に亡くなる。子を先に亡くすことはあまりない。誰もが経験することではない。

「江藤さんが生きててくれてよかった。無関係なわたしまでもが、そう思っちゃいますよ。もしも彩美を亡くしたら。そう考えるだけで、身が震えます」

彩美ちゃんはグラウンドの向こうにいる。立って、川を見てる。自分で言ったとおり、水際には近づかない。

「両親のこと」と僕は敦美さんに言う。「正直、あんまり覚えてないんですよ。もちろん、顔とか声とかは覚えてます。でも、一緒に何をしたとかっていうのは、そんなになくて。小三だから無理もないんですけど」

無理もないのかどうかわからない。小三なら覚えてるのが普通、かもしれない。僕が薄情なだけかもしれない。

「だいじょうぶ」

「はい？」

「江藤さんが覚えてなくても、ご両親が江藤さんのことをちゃんと覚えてるから。親子って、そんなふうにちゃんとつながってるから」

つながってる。本当にそうならいい。

「そんなこと考えたくもないですけど。例えば今、彩美がいなくなったとして。わたしが彩美のことを忘れるわけないですもん。彩美としたことの一つ一つ、全部覚えてるはず。わたし自身が死んだとしても、それは同じですよ。死んだあとも覚えてる自信があります。別に霊としてこの世に残るとかいう話ではなくて。単純に、そういう想いは消えないと思います。これ、ほんとですよ」

ほんとだろうな、と思う。思える。

グラウンドの向こうにいる彩美ちゃんがこちらを見る。手を振ってくる。

敦美さんが振り返す。僕も振る。

「遺伝なのか何なのか」と敦美さんが言う。「彩美も最近、視力が下がってきちゃいました。教室の黒板の字がちょっと見えづらいみたいで。江藤さん、視力は?」

「いいです。両目とも一・五。ただ、東京に来てから少し下がったかもしれません。ゲームとかはやらないんですけど、本を読むようになったので」

彩美ちゃんがこちらへ戻ってくる。帰りもグラウンドを横切らない。きちんとわきの芝地を歩く。ゴールの裏をまわる。一歩一歩近づいてくる。今度は少しずつ大きくなる。でもそこは小学三年生。大きくはなるが、小さい。

「川、どうだった?」と敦美さんが尋ね、

「流れてた」と彩美ちゃんが答える。

いい答だな、と思う。

13

初走り。というつもりでいた。

部屋着のパーカーを脱いでTシャツ一枚になり、ジョガーパンツをハーフパンツに穿(は)き替える。それだけで準備完了。寒い。

一月二日の午後四時前。今走れば、海まで行っても暗くなる前に戻れる。

年末年始は村に帰らなかった。去年の十二月半ばにじいちゃんから電話が来て、こう言われたのだ。

「こないだ会ったからな、今年は無理に帰ってこなくてもいいぞ」

「いつも無理に帰ってるつもりはないよ」

「たまにはそっちで一人で過ごしてみろ」

「じいちゃんがそう言うなら、まあ」

「お隣さんの虫の退治はちゃんとしてやれよ」

「冬に虫は出ないよ」

「そうか。でも、年始のあいさつぐらいはしとけ」

「うん。するよ」

と言いはしたが、わざわざしには行かない。あけましておめでとうございますを言うために訪ねてこられても困るだろう。たまたま顔を合わせたときに言う。その程度でいい。

東京に来てあと三ヵ月で五年。そのくらいの感覚は備わってる。

年末年始は支店も休み。バイトも入れようがないので、ずっと本を読んでた。年末のうちに、図書館から限度いっぱいの十冊を借り出してきたのだ。でもさすがに休日三日めは体がなまる。だから走ることにした。

玄関に行き、スニーカーを履く。ランニング用ではない。いつも履いてるものだ。僕はアスリートではないし、毎日走るわけでもない。それで充分。

走るときは財布もスマホも持たない。カギだけ。いつもは財布に入れてるそれを、ハーフパンツのポケットに移す。ポケットは深めなので、走っても落ちない。

アパートから外に出る。敷地の前を、ちょうど郡くんが通りかかった。大家さんの隣に住む郡くんだ。

学校が冬休みに入ると、郡くんは引越のバイトに来た。運動にもなるからいいんですよ、と言ってた。一度だけ一緒になり、休憩のあいだにちょっと話した。野崎さんも来てます？　と訊かれ、やめちゃった、と答えた。細かな説明はしなかった。あの人おもしろいですよね、と郡くんが言うので、意外に思い、訊いてみた。

「万勇とはよく話したの？」

「よくは話してないです。話しかけると、うるせえな、話しかけんなよって言われるんで。でもそう言いながら、結構話してくれるんですよ。好きな人のこととか」

「好きな人？」

「はい。案外近くにいるって言うんで、すぐわかりました。受付の狭間さんですよね？」

「わかったんだ？」

「丸わかりですよ。漫画なら、目がハートになってる感じです」

さすが、万勇。そして。さすが、郡くん。

で、今。

「あ、江藤さん」

「郡くん」

「あけましておめでとうございます」

「おめでとうございます」

「何ですか？　その格好」

「ちょっと走ろうと思って」

「江藤さん、走るんですか？」

「走るよ」

「ぼくも走りますよ。たまにですけど」

「僕もたまにだよ」

「海ですか？」

「そう」

「コースも同じだ。というか、まあ、そうなりますよね」

「うん」

郡くんとアパートの近くで会うのはこれが初めて。意外に会わないものなのだ。生活の時間帯がちがえば、すぐ隣の人だって、たぶん、一年に一度も会わない。にもかかわらず、こうして会ったわけだ。一月二日に。

自分から言う。

「じゃあ、走る？」

「いいんですか？」

「いいも何も、走るだけだし」

「速攻着替えてきます。ちょっと待っててください」

郡くんは、速攻着替えてきた。グレー、というよりはシルバーのジャージ。派手は派手だが派手すぎない。そして似合ってる。さすがは東京の高校生。おしゃれだな、と感心する。

「ちょうどよかったですよ」と郡くんが言う。「年末から両親が帰ってきてて、家に居づらいんですよね」

「居づらいの？」

「居づらいというか、あの家に一人で住むことに慣れちゃってるんで、窮屈に感じちゃうというか。しかも親だし」

しかも親だし。何とも言えない言葉だ。もちろん、郡くんは僕の事情を知らない。わざわざ話すつもりもない。親がいるのはありがたいことなんだよ、と言ったりもしない。そんなことは、郡くんだってわかってるだろう。

堤防の階段を上りながら、こう尋ねる。

「郡くん、バイトをやってるくらいだから、部活はやってないんだよね？」

「いえ、やってますよ」

「え、何部？」

「棋道部です」

「将棋？」

「はい」

「そうなんだ」

「見えないですか？　棋道部員に」

「いや。そう言われてみれば、見える。すごく強そうに見えるよ」

「これが全然強くないんですよ。むしろ弱いです。謙遜じゃなく、弱いです」

「頭も、よさそうに見えるけど」

「それ、野崎さんにも言われました。お前、頭よさそうだなって。力はないけどそこそこ偏差値は高いですよって言ったら、じゃ、勉強教えてくれよって言われました。おれ高校出てねえからって。ほんとに教えましょうか？　って言ったら、調子こくなとも言われましたけど」

野球場の前の舗装道に下り、それぞれに屈伸や伸脚をする。

「棋道部なのに、走るんだ？」

「体を動かすのは好きなんですよ。昔サッカーをやってたんで。といっても、小学生のころですけど。線路の向こうに少年サッカー場がありますよね？　あそこでやってました。リバーベッドSCっていうチームで」

「リバーベッド？」

「河川敷って意味です。河川敷サッカークラブ。今もありますよ。土日に練習をやってます」

一〇二号室の室屋さんが今コーチをしてるチーム、かもしれない。

「サッカーから将棋へ転向か」

「今でも将棋よりサッカーのほうが好きですけどね。実際、部活はほぼサボってますし」

「そうなんだ」

「はい。サボれる部って、それはそれで悪くないんですよ。じゃ、行きます？」

「行こう」

二人、並んで走りだす。僕が左で、郡くんが右。とりあえずいつもの感じで走る。郡くんのペースが落ちてきたら、僕も落とせばいい。僕自身がきつくなってきたら、先に行ってもらえばいい。

走りだしたら、もう話さない。おしゃべりは邪魔になるのだ。だったら一人で走っても二人で走っても同じ。かと言うと、そうでもない。並んで走れば、やはりその人を感じる。足どりを感じ、息づかいを感じる。大げさに言えば、連帯意識のようなものも芽生える。たまにはこういうのもいいな、と思う。

郡くんのペースは落ちない。僕もいつも以上にはきつくならない。二人で何本もの高架をくぐる。そして荒川ロックゲートのわきを通り、端の鉄柵にたどり着く。

「止まります?」と郡くんが言い、

「いや」と僕が言う。

二人、鉄柵に、タン、とタッチして、またすぐに戻る。来た道を、まっすぐに。

方向が変われば、景色も変わる。いつも不思議に思う。でもやはりそうなのだ。東京は特にそう。慣れない場所で同じ道を反対から歩いてくると、その道だと気づかなかったりする。目に入ってくるものが多すぎて、目標物をはっきりこれと定められないからだろう。でもそれで景色が変わってくれるなら、楽しめる。

そう。僕は東京を、少し楽しめるようになってる。十八歳で出てきたときは予想もしなかった。五年後の自分が、大して知りもしない近所の高校生と一緒に河川敷を走るなんて。

何もしゃべらないまま高架を何本もくぐってスタート地点へ戻り、僕らはようやく立ち止まる。

「ゴール！」と郡くんが言い、

「終了」と僕が言う。

またそれぞれに屈伸や伸脚をやる。入念にやる。準備運動も大事だが、整理運動はもっと大事なのだ。それはじいちゃんも言ってた。つかった体は労わってやらないとダメなんだ、と。

さすがに息が切れた。そんな意識はなかったが、やはりいつもよりがんばったのだろう。ペースを上げはしなかったが、無意識に下げもしなかったのだ。

階段を上り下りして道路を渡り、筧ハイツの前に戻る。

「また走りましょうよ」と郡くん。

「そうだね」と僕。

いついつと約束まではしない。年始のあいさつと同じ。今日みたいにたまたま会ったらまた走る。それでいい。

「バイト、江藤さんはいつからですか？」

「あさって。四日から。郡くんは？」

「ぼくもです」

「じゃあ、一緒になるかはわからないけど、そのときに」

「はい。それじゃあ」

別れた。それぞれ家に戻る。郡くんは、一人で住むが今は両親がいる一戸建てに。僕は、一人で住みこの先も絶対に両親が来ることはないアパートに。

一月四日から七日までのあいだは、つまり高校が冬休みのあいだは、郡くんとバイトで一緒になることはなかった。ほかの高校生と一緒になることはあったが、郡くんとはなかった。

そして一月半ばの土曜日。僕は、荒川にかかる小松川橋を歩いた。

京葉道路。その歩道だ。途中で首都高速中央環状線の高架をくぐり、中川の上に差しかかる。千葉方面に向かってるのだ。

考えてみれば、この橋を渡るのは初めて。というより、こうして中川を渡ること自体が初めてだ。中川を渡って少し行くと歩道は終わる。そのまま歩道橋を歩いて下の道に出る。

三ヵ月なんてあっという間に過ぎちゃうよ。と、コンビニでバイトをしてたときに七子さんが言ってたのを思いだす。七子さんだけではない。貝原(かいはら)店長も同じようなことを言った。歳をとると月日が経つのが早いよ、と。二人はともに四十代前半。七子さんのほうが一つ上だ。

僕はまだ二十三歳。でもその感覚はちょっとだけわかる。過ぎてしまえば、あっという間だと感じる。引越バイトをしてると時間が経つのは早いが、それは仕事内容のせい。どうしても集中するから、早い。今のこれはちがう。何というか、全体として早い。あれ、もう一ヵ月経ったのか。三ヵ月経ったのか。という感じ。

で、そう。まさに三ヵ月経ったのだ。

だから僕はこうして小松川橋を渡り、千葉方面へ向かってる。

郵便局の看板が見えてくる。江戸川郵便局。その前を素通りし、お隣の小松川警察署へ。別に自首するわけではない。何らかの被害届を出しに行くわけでもない。でもさすがに初めてだから緊張するなぁ、と思いつつ、階段を上ってなかに入る。案内標示を見て、会計課の窓口に行く。

「すいません。これをお願いします」と、係の人に拾得物件預り書を渡す。

「はい。お待ちください」

警察といっても、会計課。警察署というよりは役所のような感じだ。あなた、たかが千円なのに届けたんですか？　なんてことは、もちろん、言われない。そんなことを思われてる気配すらない。

引取期間は二ヵ月だと、預り書に記されてた。過ぎてしまうと受けとれなくなるらしい。受けとりに来なければ、いらないと言ったのと同じこと。そう見なされるわけだ。それでもいいかなと思ったが、来てしまった。認めるしかない。僕はさもしい。

係の人はすぐに戻ってきた。

「こちらにご印鑑をお願いします」

「はい」

示された箇所に捺印する。

「ではこちらです」

千円をもらう。むき出しで、手渡し。

「ありがとうございます」と言い、

「おつかれさまです」と言われる。

ありがとうございます、に、おつかれさまです。どちらもちょっと変だな、と思う。でもお互い、そうとしか言いようがないのだ。頂きます、と僕が言うのも変だし、また拾ってください、と係の人が言うのも変。

警察署に入ってから出るまで五分弱。あっという間にすんでしまった。窓口で少しは待たされたりするのかと思ったが、そんなことはなかった。当然かもしれない。拾ったお金を受けとる人たちが同時刻に押し寄せることもないだろう。

平井へと戻るべく、再び小松川橋を渡る。

そもそもは人のお金だった千円。拾って届け、三ヵ月待ったことで僕のものになった千円。何だか申し訳ない気もする。だからこう考える。これはボーナスだと。バイトとはいえこれまで四年と九ヵ月働いてきた僕が初めてもらうボーナスだと。

　ややまわり道をして、ほか弁屋経由でアパートに戻った。

　五百円以内で収まるものをということで買ったおろしチキン竜田弁当を食べる。それでもまだ余裕があったので、一時間は本を読んで過ごした。

　そして待ち合わせの午後二時。ドアを開けて外に出ると、二〇二号室からも敦美さんと彩美ちゃんが出てきた。

「よかった。間に合いました」と敦美さんが言い、

「どうも」と僕が言う。

「すいません。お休みの日なのに」

「いえ。こちらこそ」

「こんにちは」と彩美ちゃんも言ってくれるので、

「こんにちは」と返す。

　三人でアパートを出ると、小松川三丁目まで歩いた。敦美さんがいつも利用してるバス停だ。そしてやってきたバスに乗り、ＪＲ亀戸駅のところで乗り換え、東京メトロの南砂町駅へ。

　敦美さんが勤めてる店へ行くのではない。目的地はその先。南砂町駅の海側にあるショ

ッピングモール。具体的には、そのなかにあるメガネ店。もっと言えば、難波くんが勤めてるメガネ店。

一週間ほど前、アパートの前で敦美さんと会い、立ち話をした。敦美さんは元夫の里村照士のことを話してくれた。あれからもう訪ねてはこないです。でも電話は来ます。出ませんけど。

そのあとに、彩美ちゃんのメガネの話が出た。彩美のメガネをつくることにしたんですよ。小学生のうちはコンタクトをつかわないほうがいいみたいだから、メガネにしようと思って。

彩美ちゃんは渋ったそうだ。かけたくない、と言ったらしい。

わかる。小学生にとって、メガネデビューはかなり大きなことだ。プラスかマイナスかで言えば、マイナス。メガネをかけるということは、容姿が変わるということだ。特に女子の場合は気になるだろう。

敦美さんからそれを聞き、つい言ってしまった。

「僕の友だちが南砂町のメガネ屋さんにいますよ」

「ほんとですか?」

「はい。駅の近くのショッピングモールに入ってる店です」

「そこならわかります。勤め先から近いので、ショッピングモール自体、何度も行ったことがありますし。じゃあ、そのお店で買いますよ」

そして。難波くんを紹介するべく、何と、僕も一緒に行くことになった。それは自分から言ってしまった。難波くんはそこにいます、行ってみてください、ですませるわけにはいかないから。

その日のうちに、難波くんに電話をかけた。

「難波くん、ほんとに会社やめたりしてないよね？」

「してないよ」

「もう異動したりも、してないよね？」

「してないよ」

事情を簡単に説明した。難波くんは言った。

「前にも話したけどさ。初めてメガネをつくるなら、一応、眼科の先生に診てもらったほうがいいな。小さい子なら特に。ウチでも検眼はしてるけど、それはあくまでもメガネをつくるためのものだから」

「わかった。言っとくよ」

「あと、瞬、悪いけど」

「ん？」

「割引は、できないかも」

「あぁ。それはいいよ。その子のお母さんも、そういうのはなしでいいって言ってくれてる。知ってる人がいるところでつくったほうが安心てことみたい」

「そっか。たすかるよ」

「こっちもたすかるよ。難波くんがまだそこにいてくれてよかった」

で、今、こうなってる。

敦美さんによれば。午前中に眼科医院に行き、処方箋をもらってきた。メガネ処方は事前予約が必要なので、ほぼ待たされずにやってもらえたという。

南砂町駅前のバス停から少し歩き、ショッピングモールに入って、店に行く。おしゃれな感じなので、驚いた。何というか、僕が抱いてたメガネ店のイメージではない。

呼んでもらうまでもなく、難波くんは店にいた。ぴったりめのパンツにジャケット。そして銀座で飲んだときにもかけてたメガネ。難波くん自身がおしゃれだ。その格好で村に帰ったら、ちょっと浮くかもしれない。

声をかける前に、難波くんが気づいてくれた。

「いらっしゃいませ」と敦美さんに言い、

「こんにちは。いらっしゃい」と彩美ちゃんに言う。

「どうも。よろしくお願いします」と敦美さんが言い、

彩美ちゃんはぺこりと頭を下げる。

だいじょうぶ。難波くんは人を叩いたりしないよ。と言ってあげたくなる。

難波くんはさっそく親子を売場の一角に案内した。子ども用のメガネが置かれてるコーナーだ。

結構いろいろな種類があった。フレームが太いもの、細いもの。レンズが丸っこいもの、角ばったもの。フレームのカラーも豊富。女の子向けということなのか、赤やピンクまである。値段もそれほど高くない。むしろ安い。

「ほら」と敦美さんが言う。「どれもかわいいよ」

「ほんとだ」と彩美ちゃんも同意する。ママに合わせてる感じではない。

難波くんは初めに基本的なことを説明し、あとはそれほど口を出さなかった。親子に選んでもらい、彩美ちゃんが実際にメガネをかけてみるときに手を貸す、という具合。

「色、グリーンとかパープルとかもあるんですね」と敦美さんが言い、

「そうですね。ランドセルと同じで、今はいろいろな色があります」と難波くんが言う。

「え、パープル？　って思っちゃうけど、かけてみるとそんなに派手でもない。不思議です」

「きつい色合いではないですからね。メガネそのものが目立つのはよくないですし。あれ、それよく見たらパープルじゃん、というくらいがおしゃれだと思います」

なるほど。

彩美ちゃんも敦美さんも相当迷ったが、最後は、クリアグレー、に決めた。フレームは細すぎず太すぎない。レンズは丸すぎず角ばりすぎない。シンプルなデザインのメガネだ。

「すごいですよ。フレームが本当に軽い。持ってみてください」

敦美さんにそう言われたので持ってみると、本当に軽かった。これなら子どもの負担にならないだろう。

メガネは一時間ぐらいで仕上がるというので、それまでショッピングモールをブラブラすることにした。のだが、次自分がつくるときのために、と敦美さんは彩美ちゃんとともになおもメガネを見た。

そのあいだに、僕は難波くんと話をした。

「どうもな、瞬。まさかほんとにお客さんを連れてきてくれるとは思わなかったよ」

「僕も思わなかった。でも彩美ちゃんのメガネをつくるって敦美さんに聞いたから」

「アパートのお隣さんなんだ？」

「そう」

メガネを見てる敦美さんと彩美ちゃんを見る。無事にすんでよかった、と思う。来たからには絶対にここで買わなきゃ、と敦美さんも内心思っただろう。幸い、無理をして買ったという感じはない。僕にはそう見える。よかった。

「おれさ」と難波くんが言い、

「うん」と僕が言う。

「果緒と付き合ってるよ」

「え？　小沢さん？」

「そう」

「えーと、いつから？」

「瞬と三人で飲みに行ったあと、しばらくしてから。実はさ、ＬＩＮＥで連絡をとり合ってるときから気になってはいたんだよな。瞬をダシにしちゃったよ。いきなり二人で飲みに行こうと誘って断られたら困るから」

「あれは、そういう飲みだったのか」

「もちろん、瞬と会いたいってのもあったけど」

　僕も難波くんとは会いたかった。会ってよかった、と思いもした。村の出身者に会うと、やはり安心するのだ。たとえそれが東京仕様にモデルチェンジした難波くんでも。根っこを知ってる、という気がして。

「飲んだとき、おれ、会社やめるかもみたいなこと言ったじゃん」

「言ったね」

「果緒、いろいろ気にかけてくれてさ。前よりもっとＬＩＮＥくれたり、転職に失敗した人のことを話してくれたり。ほら、果緒自身が人材派遣会社勤めだから、そういう話も耳に入るらしくて。だからさ、ちょっとがんばってみることにしたわけ。これでやめたらまた次も同じことになるだろうなと思って」

「やめないでよ」

「ん？」

「いずれまた敦美さんがメガネを買いに来ると思うから」

「あぁ。そうだな」と難波くんが笑う。

さわやかな笑顔。それがあるだけで、販売員としては強いはずだ。

「そのときはまた瞬も来いよ。あの人と一緒に」

「いや、それは」

敦美さんと彩美ちゃんが顔を上げてこちらを見る。寄ってくる。敦美さんが言う。

「ごめんなさい。お待たせしました」そしてこれは難波くんに。「メガネ、あとで取りに来ますね」

「はい。お待ちしております」と難波くん。「ありがとうございました」

店を出て、今度こそショッピングモールをブラブラする。

「カッコいいですね、難波さん」と敦美さんが言う。

「そうですね」

「女子にモテそう」

「モテると思います。高校のときも、モテてましたし」

モテてた。四、五人の女子が難波くんのことを好きだったはずだ。一学年二クラス。それで四、五人はすごい。

「江藤くんもカッコいいよ」と彩美ちゃんが言い、

「江藤くんて」と敦美さんが笑う。

「初めて言われたよ」と僕。「デカいとはよく言われるけど、カッコいい、は言われたことがない。うれしいよ。ありがとう」そしてこれは敦美さんに。「えーと、どうしましょう。メガネができるまで、コーヒーでも飲みますか？　でなきゃ、ソフトクリームを食べるとか。ありますよね？　フードコートかどこかに」

「でもあと三十分ぐらいだし。メガネを受けとってから、砂町銀座に行きませんか？　砂町銀座商店街」

「商店街」

「知ってます？」

「聞いたことはあります」

「ここから歩いていけるんですよ。といっても、二十分ぐらいかかりますけど。でも散歩にちょうどいいし。そこで何か食べましょうよ」

「じゃあ、そうしましょう」

「前から一度行ってみたかったんですよね。行こう行こうと思いつつ、なかなか機会がなくて。いつもそのわきをバスで素通り。だからちょうどよかったです」

「何かあるの？」と彩美ちゃん。

「お店がね、ずっと並んでるの。お惣菜屋さんとか雑貨屋さんとか、たくさん」そして敦美さんは僕に言う。「南砂町から二十分。大島からも西大島からもそのくらい。どの駅からも遠いのに、いつも賑わってるらしいんですよ。食べ歩きとかでも有名で、テレビでよくとり上げられてます」

書店に入ったり服屋に入ったりして時間をつぶし、仕上がり予定時刻にメガネ店に戻った。メガネはきちんと仕上がってた。難波くんからそれを受けとり、お互いに礼を言って、店をあとにした。

そしてショッピングモールを出て通りを歩き、砂町銀座商店街へ。

二十分以上かかったが、三人で話をしながらなので、そこまで歩いた気はしなかった。

砂町銀座、と書かれたアーチをくぐると。そこはまさに商店街。僕が知らない昭和をも少し感じさせる商店街だ。土曜日ということもあるのかもしれないが、確かに人で賑わってる。

入って二分ほど歩くと、左側に惣菜屋があった。微かな熱気とともに揚げものの匂いが漂ってくる。軒先に出した陳列台は一面キツネ色。カツやらコロッケやらが並べられてる。というか、トレーにぎっしり詰められてる。

店の看板にはこう書かれてる。白地に黒文字で。おかずの田野倉。

「わあ」と敦美さんが言い、

「コロッケ！」と彩美ちゃんが言う。

調理白衣に白い帽子の男性が、陳列台の内側に立ってトングでコロッケを補充してる。六十代半ばぐらい。店長っぽい人だ。田野倉さん、かもしれない。

「揚げたてだよ」とその田野倉店長が言う。「うそなし。ほんとに今揚がったばかり。二分経ってない」

「コロッケ、いくらですか？」と敦美さんが尋ねる。

「五十円」

「安い！」敦美さんは僕に言う。「食べませんか？」

「食べましょう」と即答する。

そして三人で横に並び、陳列台を見る。吟味する。コロッケ。おからコロッケ。カニクリームコロッケ。ハムカツ。メンチカツ。あじフライ。いろいろある。どれも安い。

「おい、エイキ。枝豆揚がるか？」と田野倉店長がなかの厨房に声をかける。

「揚がります。もう出ます」と返事がくる。

「枝豆コロッケもあるよ」と田野倉店長が僕に言う。

「枝豆！」とつい声を上げてしまう。「僕はそれにします」

「わたしは普通のかな」と敦美さんが言う。「彩美は？」

「カニクリーム！」

「じゃあ、枝豆と普通のとカニクリーム、でいい？」と田野倉店長。

「はい」と敦美さん。

「僕が払いますよ」

「いえ、そんな。あちこち付き合ってもらったんだから、わたしが出しますよ」

「いえ。今日はちょっとボーナスが出たので、僕が」

ボーナス。小松川警察署から支給された千円だ。敦美さんと彩美ちゃんにコロッケをおごる。こんなにいいつかいみちはない。

「今食べる分のほかに、持ち帰りでいくつか買っていきましょう。それも僕が払います」

コロッケ。普通のなら一個五十円。ほかのを含めて十個買ったところで千円は超えないだろう。

「兄さん、大きいね。何センチ？」と田野倉店長に訊かれる。

「百八十七です」と答える。

「いいなぁ。うらやましいよ。いくらか分けてほしい。おれもせめて百七十になりたいよ」

それを聞いて、敦美さんが笑い、彩美ちゃんも笑う。それを見て、僕も笑う。

難波くんがあの店にいてくれてよかった。敦美さんに難波くんのことを話してみてよかった。今日一緒に店に行ってよかった。東京に来て、よかった。

14

メガネにコロッケ。楽しい一日だった。

楽しい気分はそのあとも何日か続いた。

で、唐突に終わった。じいちゃんが亡くなったからだ。

そう。じいちゃんが亡くなった。本当に唐突だった。摂司さんからスマホに電話が来て、紀介さんがあぶない、と言われた。瞬、すぐ帰ってこられるか？

もちろん、すぐに帰った。高速バスは運行してない時季だから、電車で。

沼田からバスに乗る必要はなかった。じいちゃんは市内の病院に入院してたのだ。そこには摂司さんも来てくれた。息子の摂人くんまで来てくれた。

どうにか最期には間に合った。じいちゃんの意識があるうちに、会うことができた。

「おぅ。瞬一」とじいちゃんは言った。口調は普段どおりだが、声は細かった。

それが最後の言葉になった。すぐに意識がなくなり、二時間後に亡くなった。

摂司さんから聞いた。すい臓がんだったという。見つかったときはもう遅かった。余命宣告も受けてたらしい。じいちゃんはそれを僕に言わなかった。瞬一には言わないでくれ、と摂司さんに言ったのだ。心配をかけたくないからと。こっちに戻ってこさせたくないからと。

ごめんな、と摂司さんは僕に言った。どうしようか、おれもすごく迷ったんだよ。でもやっぱり、紀介さんの望みどおりにすることにした。そのほうが瞬のためにもいいと思ったんだ。その代わり、あぶなくなったらすぐに瞬を呼ぶとは言っておいた。ほんとはもう少し早く呼びたかったんだ。ただな、紀介さんが言うんだよ。一度意識を失って、戻ったあとも。まだだいじょうぶだって。

涙が出た。出ないかと思ったが、すんなり出た。どこにこんなに隠れてたんだ、と思うくらい出た。体が大きいから出る涙の量も多いのだ。そう思った。泣いたのは、両親が亡くなって以来。だから小三のとき以来だ。僕はそのときから一度も泣いてなかった。じいちゃんが亡くなって泣いたときに初めて、そうだったことに気づいた。

去年の十月。じいちゃんが僕のアパートに来たときには、もうとっくに余命宣告を受けてた。体は相当つらかったはずだ。薬を飲んだりもしてたはずだ。でも苦しいそぶりは少しも見せなかった。さすがじいちゃんだ。と、これはいい意味。そして。さすが僕だ。

と、これは悪い意味。我ながら鈍すぎる。注意して見てれば気づけただろう。

例えば東京に出てきた日の夜、じいちゃんはそば屋でお酒を飲まなかった。二日めも、どこへも出かけなくていいと言った。どちらも、じいちゃんらしくない。それを僕は、単にじいちゃんが歳をとったからだと考えた。じいちゃんは、本当に歳をとってたのだ。病に冒されて亡くなってもおかしくないくらい、歳をとってたのだ。

あとのことは頼むと紀介さんに言われてる、と摂司さんは言った。財産のことなんかも聞いてる。葬儀の手配はおれがするから、瞬は心配しなくていい。

その葬儀は、沼田の斎場で行われた。こぢんまりした形でだ。

初めて黒のスーツを着た。成人式のときは着なかったスーツだ。一応、喪主は僕。でも何から何まで摂司さんにまかせきりだった。摂司さんがいなかったらどうにもならなかったと思う。それはすべてにおいて言える。両親が亡くなったときからして、そう。摂司さんがいなければ、僕もじいちゃんも、どうにもならなかったのだ。

葬儀には多聞も来てくれた。多聞一人でなく、じいちゃんが大家さんと得三さんと敦美さんにトマトを送るときに世話になった諸岡家、その全員が来てくれた。

あとは、末松圭衣も来てくれた。僕と多聞の小中高の同級生だ。摂司さん同様、東京の大学に進み、卒業後に村へと戻ってきた。今は村役場むらづくり観光課の職員。摂司さんとのつながりで来てくれたらしい。

葬儀は滞りなく進み、じいちゃんは焼かれ、灰になった。残ったのは骨だけ。歩荷のじいちゃんを支えてた、頑強な骨だ。

母方の樋渡家にも付き合いのある親戚はいない。じいちゃんが亡くなり、僕は一人になった。じいちゃんが亡くなったことで、村とのつながりが絶えたような気分にもなった。あのまま村に住んだとしても、それは同じだったかもしれない。村で一人になってたら、僕は途方に暮れてたはずだ。東京に出ようという決断も、簡単にはできなかったにちがいない。

じいちゃんも、そういうことを見越してたのだろう。だからこそ、僕を早めに村から出したのだ。

僕はこうして村に帰ってきた。でも東京にも帰れる場所がある。その場所を、一度とはいえ、じいちゃんに見せられた。二晩とはいえ、じいちゃんを泊められた。そのことは、よかった。二間のアパートにしておいてよかった。高めの家賃を払っておいてよかった。

摂司さんとも話し、じいちゃんの家はしばらくそのまま残しておくことにした。たまにはおれが換気しとくよ、と摂司さんは言ってくれた。家をどうするか、急いで決める必要はない。遺品の整理も、ゆっくりやればいい。瞬は一度自分の生活に戻って、気持ちを落ちつかせてから、今後のことを考えろ。

そして摂司さんはこうも言った。ただな、じっくり考えてどうするか決めたら、そのときはすぐに動け。決めるまでは迷え。でも決めてからは迷うな。

　家の電気などを一時的に止める手続きをすませ、東京に戻ることにした。

　その日、JR上越線の沼田駅までは、多聞が車で送ってくれた。日曜日なので、車には圭衣も同乗した。圭衣が助手席、僕が後部座席に座った。

「落ちこむなと言っても無理だけど」と圭衣は僕に言った。「そんなには落ちこまないで」

「うん」と返した。

「トマトを東京に送るっていうんでウチに来たときにさ」と運転しながら多聞。「瞬のじいちゃん、おれに言ったんだよ。これからも瞬一と仲よくしてやってくれって。そのときは別に深い意味があるとは思わなかったんだけど。こうなるとわかってたってことなんだよな」

「うん」とやはりそう返す。

「こうなったから言うわけじゃないけど。瞬のじいちゃん、カッコよかったよな。ちゃんと体を動かして働いてるっていうか、身一つで生きてるって感じでさ。子どものころからずっとそう思ってたよ」

「僕もそう思ってたよ。じいちゃんは、カッコよかった」

「で、瞬さ」

「ん?」

「こんなときに、すごく言いにくいんだけど」

「何?」

「おれたち、結婚するんだよ」

「え?」

「結婚する。おれと圭衣が」

「ほんとに?」

「うそでこんなこと言わないよ」

「高校のときから、そうだった?」

「いや」と多聞。

「全然」と圭衣。

「瞬が東京に出てからだよな?」

「そう。大学の休み中、わたしが帰ってきたときにたまに会ったりして」

「そのうち、休み中でなくても帰ってきてもらったりして」

「で、わたしが役場の職員になってからは、ほぼ毎日会ってた」

「あぁ。そうなんだ。いつ結婚するの?」

「それはまだこれからだけど」と多聞が答える。「でもそんなに先ではないと思う」

「でもそうなるとあれだ」と圭衣。「江藤くんに来てもらうのは、ちょっと厳しいね」

「ん？　何で？」と多聞。

「だって。おじいちゃんが亡くなって半年で結婚式に出るわけにもいかないでしょ」

「そうか。祖父母だと喪に服すのは三ヵ月から半年ぐらいって言うけど、瞬の場合は、親と同じだもんな」

「じいちゃんは」と自ら言う。「そんな細かいことは言わないと思うよ」

「そう言ってくれるのはうれしいけど。でもなぁ」

「むしろ、出ろって言うんじゃないかな。特に多聞の式なら」

「言う、かなぁ」

「言うよ」

「おれとしても、瞬には出てほしいけど」

「そういうことも考えてみるよ、これから」

「ああ。何かごめんな。ほんと、こんなときに」

「いや、話してくれてよかったよ。今僕がこんなこと言っちゃいけないんだろうけど、おめでとう」

「いやいやいやいや」と多聞があせる。「ダメだよ、瞬。それは言うなって。悪いことをしたような気分になるよ」

「今のは特別。もう言わないよ。一回だけ」

「じゃあ、ありがとう。って、これはいいよな？　ありがとうはだいじょうぶだよな？」

「だいじょうぶでしょ」と圭衣。「ありがとうを言っちゃいけないときなんてないよ」

ありがとうを言っちゃいけないときなんてない。いい言葉だな、と思う。

「あのさ」と多聞に言う。

「ん？」

「できちゃった結婚とかじゃ、ないよね？」

「おぉ。瞬、見事なセクハラ」

「でもわたしがセクハラと感じてないからセーフ」

「できちゃった結婚ではないよ」と多聞。「でも子ども、三人はほしいな」

「え、そうなの？」と圭衣。「聞いてないんですけど」

「初めて言ったから」

「初めて言うなら場所を選びなさいよ」

「選んだんだよ。立会人として、瞬にも聞いてもらおうと思って」

「何の立会人よ」

「おれの覚悟を聞いてもらうための立会人」

「聞いたよ」と二人に言う。「聞いちゃったから、もう取り消せない」

「三人かぁ」と圭衣が言い、

「村の人口を増やしたいんだよ」と多聞が言う。

人が亡くなっても、人は生まれる。じいちゃんが亡くなっても、多聞の子は生まれる。そんなふうにして、人は入れ替わっていく。村は変わらないが、人は変わっていく。でも変わらないものもある。村にじいちゃんはいた。そこで生きてた。その事実は変わらない。じいちゃんが亡くなったからといって、じいちゃんが村で生きてなかったことにはならない。

じいちゃんと村のつながりは絶えない。そしてじいちゃんと僕のつながりも絶えないのだから、村と僕のつながりも絶えない。

15

油断してた。もうだいじょうぶだろうと思ってた。根拠もなく。

甘かった。そこまでのことだとは知らなかった。知る立場になかったから、積極的に知ろうとしなかった。

ことはいつも突然起きる。帰ったら家が燃えてるとか、朝早くに摂司さんから電話がかかってくるとか、そんな予想もしない形で。

こちらの事情は考慮されない。眠ってるとか、疲れてるとか、そういうことは関係ない。考える時間もない。すぐに動かなければいけない。燃えてる家をただ眺めてってはいけない。二十三歳なら。

僕はバイトから帰ったばかりだった。

二月中旬。まだ繁忙期ではないが、そろそろ引越の件数が増えはじめるころ。現にこの日も三軒の現場をまわり、三時間の残業をした。朝七時集合だったが、それでも終わったのは午後七時。しかも三軒のうちの二軒の搬入先が団地。しかも五階と四階。スケジュールはキッキツだったので、各所で急ぐ必要があった。そのうえ社員は塙さん。大変な一日だった。

帰ったばかりなので、眠ってはいなかったが、かなり疲れてはいた。このバイトに移って一年半強。慣れたつもりでいたが、久しぶりにヘトヘトになった。スーパーへまわり道をする気にはなれず、ほか弁屋で五分待つ気にもなれなかった。だから途中にあるコンビニで幕の内弁当を買った。僕がバイトをしてたのとはちがう店だ。

帰ったらすぐにシャワーを浴び、その幕の内弁当を食べて寝ようと思ってた。明日もバイト。仕事自体は八時からだが、六時半には起きなければならない。七時間と言わず八時間。たっぷり睡眠をとりたい。

そんなわけで、アパートに戻り、足音を立てない程度にバタバタやってた。

カゼをひいてはいけないので、まずはうがいと手洗いをする。替えのTシャツとパンツと靴下を物入れの収納ボックスから出して、床に放っておく。

そしてニットシャツとその下の長袖Tシャツを脱いで上は半袖Tシャツ一枚になったところで、これが聞こえてきた。

ウィンウォーン。が立てつづけに二度。その二度めが鳴り終わらないうちに、ドンドンドン！

「おい！　何で電話出ねえんだよ！　開けろよ！　出てこいよ！」

階段を上る音は聞こえなかった。足音を潜めてたからではなく、僕自身が動きまわってたからだろう。ウィンウォーンも、僕が聞いたものの前に一、二回鳴ってたのかもしれない。

「彩美。いるか？　聞こえるだろ？　彩美だけでも出てきな」

そして間があり。

「おい！　ふざけんな！　出てこい！　早くしろ！」

これはもう通報レベルだ。一階の得三さんや顔は知らない室屋さんにも聞こえてるだろう。午後八時。室屋さんはいないかもしれないが、得三さんはいるだろう。実際に一一〇番通報をするかもしれない。得三さんなら、してもおかしくない。

でも、得三さんがいなかったら。いや、その前に。敦美さん自身がもう通報してるかも。

と、そこまで考えて、思った。考えるな。動け。

すぐに部屋を飛び出した。飛び出したつもりなのに、サンダルはつっかけた。無意識にだ。人間は靴下のまま外に飛び出したりはしない。それこそ火に襲われでもしない限り。

外に里村照士の姿はない。見えるのは二〇二号室のドアだけ。ちょうどバタンと閉まる音が聞こえた。カチャンという音が続く。カギをかける音だ。

そのドアの前へ行き、インタホンのボタンを押す。ウィンウォーン。

しばしの間があって、敦美さんの声が聞こえてくる。

「はい」

「江藤です。だいじょうぶですか?」

返事はない。くぐもった声、たぶん、里村照士の声、が聞こえ、プツッと通話が切れる。

ためらわない。再びボタンを押す。ウィンウォーン。

もう返事も待たない。三たび押す。ウィンウォーン。

里村照士のようにドアをドンドン叩いたりはしない。大声を出したりもしない。いることはわかってるのだ。そんなことはしない。ただ訪問の意思を伝える。退かないことを伝える。

四度めのウィンウォーン、のウォのあたりでインタホンがつながる。聞こえてくるのは里村照士の声だ。

「何だよ。うるせえな。警察を呼ぶぞ」

「呼びましょう。呼んでください」

「お前、何なんだよ」

「隣の者です。こないだ会いましたよ」

「だからその隣の者が何なんだよ」

「声が聞こえたので、どうしたのかと」

「ただ訪ねてきただけだよ。聞き耳を立ててんじゃねえよ」

「敦美さんと話をさせてください」

「話したろ」

「直接話させてください」

返事はなくなる。続ける。

「無事を確認できたら、帰ります」

やはり返事はない。

チッという舌打ちだけが聞こえる。そして、プツッ。

数秒後、いきなりドアが開く。顔を出すのは里村照士だ。奥に敦美さんと彩美ちゃんの姿が見える。敦美さんは彩美ちゃんの肩に手を当ててる。抱き寄せてるように見える。

「敦美さん、だいじょうぶですか？」と声をかける。「彩美ちゃんも、だいじょうぶ？」

　二人が答えるより先に里村照士が言う。

「だからよ、だいじょうぶ？って何なんだよ。見えてんだろ。だいじょうぶだよ。無事だよ。こっちが訊きてえよ。お前がだいじょうぶなのかよ」

「だいじょうぶです」と答え、敦美さんに呼びかける。踏みこむ。「僕の部屋に来ますか？　そこで話をしますか？」

「バカかよ」と里村照士が毒づく。「いきなり押しかけてきて、何言ってんだ。正気か？」

　今度はこちらが返事をしない。黙って里村照士を見る。見下ろす。やはり僕のほうが背は高い。

「ちょっと入れ。みっともねえから。近所迷惑になるから」

　里村照士が手首をつかみ、僕を三和土に引き入れる。油圧式のドアが背後でバタンと閉まる。もちろん、カギはかけない。里村照士にも、かけさせない。

　僕は三和土、里村照士は床。あらためて、向き合う。段差があるので、僕らの目の高さはほぼ同じになる。

「敦美さん」と里村照士の肩越しにまた呼びかける。「だいじょうぶ、ですよね？」

　敦美さんは答えない。現時点ではだいじょうぶ。でもこの先はわからない。葛藤（かっとう）があることが窺える。

「僕は帰ったほうがいいですか？　敦美さんが帰れと言うなら帰ります」

敦美さんは答えない。帰れと言わないことを、僕は答ととる。

「じゃあ、帰りません」

「あ？」と里村照士。

「あなたが帰ってください」とその里村照士に言う。「帰らないなら、僕が警察を呼びます」そしてあることを思いつき、それを口にする。「警察には知り合いがいます」

小松川警察署の会計課の人。会計課だから、警察官ではなく、警察行政職員とかそういう人かもしれない。ただ千円をもらっただけ。ただ顔を知ってるだけ。でもあちらも僕の顔を知ったわけだから、知り合いは知り合いだ。うそにはならない。いや、その前に。千円を届けたほう。平井駅前交番の人も、僕は知ってる。

「お前、ほんとに何なんだよ」

「だから隣人ですよ」

「なら首を突っこむなよ」

「隣でおかしなことが起きてたら、突っこみますよ」

里村照士は露骨に舌打ちをして、言う。

「この寒いのに半袖。マジで何なんだよ。頭おかしいんじゃねえのか？」

「やめてよ」と初めて敦美さんが言う。

「敦美、まさかこんなのと付き合ってんのか？　アパートの隣のやつで手軽にすませてんのか？　こんなガキに手を出してんのか？」

「出してませんよ」とそれには僕が答える。「手を出してもいないし、付き合ってもいないです。でも敦美さんが誰に手を出そうと、あなたにはもう関係ないですよ」

「関係あるんだよ。おれは彩美の父親なの。関係ないのはお前だよ。こんなの、ほとんど不法侵入だぞ。訴えられんぞ」

「敦美さんに訴えられるならいいですよ。しかたないです」

「敦美。お前、マジでこんなのと付き合ってんのか？」

そこでは敦美さんも言う。

「江藤さんが言ったでしょ。付き合ってない」

「エトウさんか」と里村照士がいやな感じに笑う。「じゃあ、気づいてねえんだな。教えてやるよ。お前、このエトウさんに付きまとわれてるよ。こいつ、立派なストーカーだよ。隣の家のことに首を突っこんでくんのは異常だろ。ずっとこの部屋の様子を窺ってんだよ。おれがたすけてやるよ」

里村照士がこちらへ向き直ったかと思うと。いきなりパンチが来る。右の拳が飛んでくる。狙いは正確ではない。が、拳は僕の左頬に当たる。口もとにはかからない。左の頬骨のあたり。僕も痛いが、里村照士も痛いだろう。骨と骨がぶつかったわけだから。

僕は少しよろけ、ドアに後頭部をガンとぶつける。衝撃が来ただけ。意識は飛ばない。むしろはっきりしてる。顔を拳で殴られたのは初めて。あぁ、こういうものなんだ、と思う。

一度だけ殴り合いのケンカをした中学生のときも、お互い、拳で顔を殴りはしなかった。せいぜい平手。ビンタ止まり。あとはつかみ合い。よほどのことがない限り、拳で人の顔を殴ったりはできないのだ。殴られるのも怖いが、殴るのも怖い。どこかで自制は働く。つまり働かなかったわけだ、里村照士には。

「やめてよ」と敦美さんが懇願（こんがん）するように言う。

里村照士はやめない。その声に後押しされたかのように拳をふるう。二発めのパンチは腹に来る。三発めは肩。四発めは顔。というか、側頭部。こめかみのあたり。

さすがに防御の姿勢はとる。体は自然と前のめりになる。丸まる。まともに殴られたのは腹だけだ。その二発めは左の拳。素人の利き腕ではないほうのパンチだから、こたえない。引越バイトで鍛えられた腹筋が鎧（よろい）になってくれる。肩はそれ自体が盾のようなものだし、最後の側頭部への一発はやはり左のパンチ。そこは自分の右手で守る。

だいじょうぶ。里村照士の攻撃に迫力はない。豊浦さんを殴ろうとしたときの万勇のような凄味（すごみ）はない。ダメージはない。倒れない。声も出さない。ただ殴られるだけ。殴り返さない。

中学でのケンカの際にじいちゃんが言ったあれ。人を殴っていいのは自分の命が脅かされたときだけ。今はそのときではない。殺されるとは思わない。命をとられるとは思わない。だから殴り返す必要はない。

「警察を呼ぶ」と敦美さんが言う。「通報する」

「やめろ！　動くな！」と里村照士が怒鳴る。

敦美さんはやめない。動く。スマホをとろうとする。里村照士が素早く敦美さんのもとへ駆け寄り、後ろから突き飛ばす。敦美さんは転び、床に両手両ひざをつく。サンダルを脱ぎ捨て、僕はなかに上がる。そして支店で万勇にしたように、里村照士を羽交い絞めにする。

里村照士はもがく。両手を激しく振り、何とか逃れようとする。

「離せよ、こら！」

すぐには離さない。玄関側へ引き戻し、敦美さんからは遠ざける。ダイニングキッチンのほうへ押しのけるようにして、離す。放り出す。

彩美ちゃんと敦美さんの前に立つ。二人と里村照士とを、分ける。

里村照士が憎悪の目で僕を睨む。次いで、流し台を見る。

敦美さんがしてくれた話を思いだす。敦美さんと里村照士が同時に包丁を見たという、あの話だ。

幸い、包丁はしまわれてたらしい。流し台の上に置かれてはいなかったらしい。が、血迷った里村照士はまさかの行動に出る。ガスコンロのボタンを押して、火をつけたのだ。そしてすぐそこにあった布巾（ふきん）を火にかざす。カラカラに乾いてたのか、油が染みこんでもいたのか、布巾は一気に燃え上がる。ほわっと火がふくらむ。

さすがに熱かったらしく、里村照士は布巾をこちらへ放り投げる。それは床に落ちる。敷かれたラグに近いところに。

ラグに火が移らなくても。床は板張り。燃えるかもしれない。

僕は動けない。固まる。火のせいだ。

里村照士は別の布巾を火にかざす。一枚めほどの勢いはないが、それも燃える。里村照士がまたこちらへ放る。今度はもっとラグに近い。

背後で悲鳴が上がる。二つ。敦美さんと彩美ちゃんだ。

そちらを見る。彩美ちゃんが僕を見てる。蛾や蜘蛛のときとはくらべものにならないくらい怯（おび）えた目で。

それで反射的に動く。床で燃える布巾を飛び越え、里村照士に体当たりをかます。そこは躊躇（ちゅうちょ）しない。全力で行く。

里村照士は吹っ飛ぶ。壁にぶつかって、倒れる。

そちらはそのままにしておき、僕は火と向き合う。ガスコンロの青い炎と、二枚の布巾の朱色の炎。

まずはボタンを押して、ガスコンロの火を消す。

そして、水！　と思いつつも流しからは離れ、二枚の布巾を足で踏みつける。そこも躊躇しない。ドンドンやる。火は消えそうで消えない。

そこで洗濯機のところへ行き、洗濯槽の縁に掛けられてたバスタオルを手にとって戻る。それを二枚の布巾にかぶせる。その上からドンドンやる。燃える布に布。でもバスタオルは燃えない。火は移らない。どうにか消えた。消えてくれた。

それでも、一応、焦げた二枚の布巾をバスタオルでくるんで流しへ運び、シンクに置いて水をかけた。強めに出し、ジャージャーかけた。二度と燃えないように。

よかった、と安堵する。ここは僕の部屋とほぼ同じ造り。だから洗濯機にも目がいった。そこにあるだろうというところにバスタオルもあってくれた。自分もそうしてるからわかったのだ。よかった。

そして僕は水を止め、里村照士を見る。里村照士は、突き飛ばされたその体勢のまま、僕を見てる。倒れたときにどこか打ったのかもしれない。あるいは、不意に突き飛ばされて倒れたことで、少し冷静になったのかもしれない。

手を差し伸べたりはしない。まだそこまではできない。距離を保ち、里村照士に言う。

「僕は怒ってます。ものすごく怒ってます。もしまたこんなことをしたら、そのときはもう抑えないと思います」

抑えない。敦美さんと彩美ちゃんが傷つけられるのは自分の命が削られることだから。自分の命が脅かされることだから。

里村照士は何も言わない。

言う気はないのだと判断し、僕は敦美さんと彩美ちゃんを見る。言う。

「通報。僕はしません。敦美さんにおまかせします」

16

JR総武線。平井の次は亀戸。どちらも快速は停まらない。だから家賃は少し安い。快速が停まる錦糸町から一気に高くなる印象がある。

亀戸は江戸川区ではない。旧中川を越えるから、江東区。亀戸、と言ってるが。厳密には江東区大島。その大島のアパートにいる。訊いてみたら、僕のところよりも家賃は安い。ワンルームだからだ。

いったい誰のアパートか。万勇のアパートだ。来いよ、と呼ばれた。せっかくなので、行った。

東京に来てから、他人の家に入るのは初めてだ。いや。得三さんの部屋と敦美さんの部屋には入った。得三さんの部屋は、電球を換えるために。敦美さんの部屋は、虫を退治したり元夫を追い返したりするために。でもそれはどちらも自分が住むアパート。ほかのアパートの部屋に入るのは、やはり初めてだ。

万勇の部屋は、僕の部屋以上にものがない。洗濯機に冷蔵庫に電子レンジにテレビにベッドにミニテーブル。それ以外は何もない。漫画とかフィギュアとか、趣味を感じさせるものはない。装飾品の類も一切ない。ないね、と言ってみると、万勇は言った。スマホのゲームがありゃ充分だろ。

今日はバイトはなし。万勇もなしだという。

万勇がバイトをしてる会社の支店があるのは新小岩。亀戸、平井、新小岩。そこまでは電車で行き、駅からは歩く。結構歩くらしい。めんどくせえよ、クビになるんじゃなかった、と万勇はこぼしてる。

平日の午後三時半。二月とはいえ、まだ日は高い。でも僕が訪ねていくと、万勇はすぐに缶ビールを出してきた。いつも僕が飲むのと同じ、第三のビールだ。はいよ、とそれを僕に渡し、クシッとタブを開けて先に飲みはじめた。だから僕もクシッと開け、いただきますを言って、飲む。

湯本紙業への就職はどうなったのか。

得三さんは紹介してくれたらしい。弟さんも万勇のことは気に入ったらしい。ただ、即採用、とはならなかった。人は足りないが、経費削減もしなければならない。ということで、その時点での空きはなかったのだ。

で、今。万勇は言う。

「こないだ連絡が来た。四月にはどうにかなりそうだよ」

「ほんとに？」

「ああ。社員で、やめる人がいるらしい。そのあとに、たぶん、入れる」

「よかったじゃん」

「よかった」そして万勇は続ける。「おれさ、フォークリフトの免許とったよ」

「へぇ。すごい」

「ほんとに五日でとれた。簡単だったよ。安かったし。おれがとった初めての資格だよ」

「初めてではないでしょ。車の免許があるよ」

「それは、あって当たり前みたいなもんだからな。感覚としては、初資格だよ。おれは、ほら、当たり前中の当たり前、高卒の資格すら持ってねえわけだし」

そう言って、万勇はビールを飲む。僕も飲む。

「たった五日でとった資格だけどさ、案外心強ぇよ」

「フォークリフトを操れる人、そんなにはいないもんね」

「まあ、操る必要もないけどな。でさ、おれ、三月中に、中型の免許もとるつもりだよ」

「トラック？」

「そう。やっぱ、あったほうがいいらしいんで。それがありゃ、湯本紙業をやめたとしてもどうにかなりそうだし」

初めから訊くつもりでいたことを、僕は万勇に訊く。

「狭間さんとは、どうなってるの？」

「ゆずっち？」

「うん」

「どうもなってねえよ」

「付き合ってないの？」

「そこまではいってねえよ。だって、おれ、まだバイトだし。メシぐらいはたまに行くけど」

「ならよかった。安心したよ」

「何だそれ」と万勇が笑う。「保護者かよ」

「保護者ではないよ」

「わかってるよ」

万勇の飲むペースは速い。一缶を空け、すぐに冷蔵庫から二缶めを取りだす。

「瞬は？」

「まだだいじょうぶ」

「空いたら言ってな。つーか、自分でとって」

「うん」

再びクシッとタブを開け、万勇がビールを飲む。ゴクゴク飲む。ペプシみたいに。そして缶から口を離し、ふぅっと息を吐いて、言う。

「瞬」

「ん?」

「あんがとな」

「何が?」

「いや、就職のこととか、いろいろ」

「いいよ、そんな」

「ゆずっちにも言われて思ったんだけどさ」

「うん」

「やっぱこの仕事、ほんとは瞬が自分でやりたかったんじゃないのか?」

「ちがうよ」

「ほんとか?」

「ほんとだよ。それは前にも言ったとおり。僕はさ、自分の体をつかいたいんだよ。機械を動かすんじゃなく、自分の体を動かしたい。じいちゃんみたいに」

「じいちゃん？」

「そう。僕のじいちゃん」

「あぁ。えーと、何だっけ。荷物を運ぶ人だよな」

「歩荷」

「そう。歩荷」

「亡くなっちゃったけどね。じいちゃん」

「え、そうなの？」

「うん。先月」

「先月！　マジかよ」

「だから村に帰ったよ。葬儀をやってきた」

「じゃあ、何、瞬は、一人？」

「そう。でも村には知り合いが何人もいるよ。これからも帰ると思う」

行く、ではない。帰る、と言う。無理はしてない。自然とそう言える。

「瞬は、デカいよな」

「百八十七センチあるからね」

「いや、体がじゃなくて、器が。人としての器が」

「デカくないよ。火とか怖いし」

「火は誰だって怖いだろ。おれだって怖いよ。火も車のなかも怖い」

「怖いの？　車のなか」

「怖いな。自分が運転してれば何ともねえし、助手席に座るのも平気だけど。後部座席はちょっといやだな。だから後ろが狭い車はきつい。気持ち的にきつい。ツードアの車の後ろに乗るのは無理かもな」

「そうなんだ」

万勇は考えて、言う。

「いや、今はもうだいじょうぶか。こないだ乗ったわ、ツードア。中学んときの友だちの車。アホみてえに改造してあるやつ。忘れてたくらいだから、気になんなかったってことだろ」

アパートの外に車が駐まる音が聞こえた。バタンとドアを閉める音が続く。そして、ウインウォーン、とインタホンのチャイムが鳴る。この部屋のだ。

「開いてるよ」と万勇がベッドの縁に座ったまま言う。

ドアが開けられ、誰かが入ってくる。靴を脱いで上がってくる。男性。四十すぎぐらい。顔が似てるから、万勇の父、タツヤさんだとわかる。歳がちがうだけ。そっくりと言ってもいい。

「誰だ?」

「おぅ」とタツヤさんが万勇に言う。「誰だ?」

「友だち。バイトの。今はもうちがうけど」

「ちがうって?」

「バイトが一緒ではないってこと」

「あぁ。お前がクビになったからか」

タツヤさん、そのことは知ってるらしい。

「瞬。親父」と万勇がシンプルに紹介する。

「どうも。初めまして」と僕が言う。

「ういっす」とタツヤさん。「何くん?」

「江藤です。江藤瞬一」

「エトウくんか。デカいな。座ってんのにデカい」

「力も強ぇよ。捕まったら逃げらんない」

「中学の友だち、ではないよな?」

「ないよ。だからバイト。バイトの友だち」

「中学以外で万勇に友だちがいんのか」

「うるせえな。いるんだよ。できたんだよ」

「悪い友だちじゃねえだろうな」

「じゃねえよ。おれに仕事まで紹介してくれた、いい友だちだよ」

「仕事って、まさか売人とかじゃねえだろうな」

「じゃねえよ。そんなふうに見えるか?」

「見え、ないな」

「親父さ、瞬にすげえ失礼なこと言ってっかんな」

「それは、悪かった」とタツヤさん。

「いえ」と僕。

「でもお前、ほんとに危険ドラッグとかやってねえだろうな」

「は?　やってねえよ」

「さばいたりもしてねえだろうな」

「だからしてねえよ」

「昼間っからビール飲みやがって」

「自分だって休みの日は飲むだろうよ」

「おれはちゃんと働いてるからな」

「おれだって働いてるよ」

「クビになったんだろ?」

「またバイトはしてるよ」

「何やってる？」

「また引越」

「紙の会社で、働けるんだろ？」

「それは四月から」そして万勇は言う。「で、結局、何しに来たわけ？」

「様子を見に来たんだよ。ミエコが見て来いって言うから」

「パシリかよ」

「万勇」

「何」

「金やんよ」

タツヤさんはたて長の財布から一万円札を何枚か出し、万勇に渡す。

「中型の免許、とるんだろ？　これつかえ」

お札を数え、万勇が言う。

「五万。足りねえよ」

「足しにはなるだろ。あとは自分でどうにかしろ」

「あ、そういや」

「何だ？」

「前に貸した一万は？」

しまったとばかり、タツヤさんは舌打ちする。里村照士のそれよりは遥かに軽めの舌打ちだ。そして言う。

「何だよ。お前、覚えてんのかよ」

「そりゃ覚えてるだろ。親に金貸してんだから」

「じゃあ、あれだ、その一万は返して、四万やったことにしてくれ。四万を免許の足しにしろ」

「何だよ、それ」

「ミエコには言うなよ。一応、やったのは五万。いいな？　じゃあな」次いで僕にも言う。「邪魔したな。えーと、エトウくん」

「あ、いえ」と返す。

タツヤさんは玄関に向かう。が、すぐに戻ってきて、言う。万勇にではなく、僕に。

「万勇のいい友だちでいてやってくれな」

「はい」

今度こそ三和土で靴を履き、タツヤさんは出ていく。バタンと玄関のドアが閉まり、間を置いて、外の車のドアもバタンと閉まる。すぐに車のエンジン音。ブゥ～ン。その音からも、多少の改造感が聞きとれる。いじったのはマフラーか。

野崎タツヤさん。他県から息子を訪ねてきて、部屋にいたのはわずか五分。一度も座らなかった。

「すごいね」と万勇に言う。「台風みたいだ」

「台風はこんなに早く行かねえだろ。もうちょっと長くいるよ」

「よく来るの？　お父さん」

「よくは来ない。蕨は遠いからな」

「たまたま今日来たんだ？」

「まさか。たまたまじゃねえよ。初めて瞬を呼んだ日に親父も来る。そんな偶然はねえだろ」

「じゃあ、何？」

「今日行くから部屋にいろって電話が来てさ。だから瞬を呼んだんだよ。親父と一対一はダリィなと思って。中学以外の友だちを親父に見せてやろうとも思って。親父は四時ごろに行くって言ってたからさ、瞬は三時半にしてもらったわけ。親父が、言った時間より早く来ることはねえから」

「そういうことか」

万勇はビールを飲んで言う。

「あれがおれをパチンコ屋の駐車場の車に置き去りにした親父だよ。しそうだろ？　置き去りに」

「うーん」

しそう、とはさすがに言えない。しなそう、と言えばうそになる。でも。悪い印象はない。まったくない。万勇と、むしろ仲がいいように見える。何というか、息子の万勇を信用してるように見える。万勇も、それをわかってるように見える。

「一万のこと、母ちゃんに言いつけてみっかなぁ」

「そしたら、どうなる？」

「こづかいカットかもな」

「こづかい制なの？」

「たぶん」

僕の父は、どうだったのだろう。母はしっかりした人だから、案外こづかい制だったかもしれない。

ビールを一口飲む。いい友だち、と万勇が言ってくれたことに思い当たる。

僕にとっても、万勇は、東京に来て初めてできた友だちと言っていい。井川さんは先輩だ。万勇は、友だち。

支店でのあの事件のとき、万勇を止めて本当によかった。

17

昼ご飯はおにぎりにした。かつてバイトをしてたコンビニで百円セールをやってたのだ。

例によって、割引幅の大きい三つを買った。お昼どきに行ったので、店の忙しさはピーク。井川さんも七子さんもレジにいたが、話はほとんどできなかった。会計をしてくれたのは七子さん。

「いらっしゃいませ」と言ったあとで、七子さんはお客が僕であることに気づいた。「あ、江藤くん」

「どうも」

「そっか。百円セールだ。おかえり」

そのおかえりに、つい笑った。隣のレジの井川さんも苦笑してた。江藤くんもお客さんですよ、というわけで。

アパートに帰ると、おにぎり三つを食べ、電子レンジで温めたお茶を飲んだ。

そして図書館から借りてきた横尾成吾の『脇家族』を読んだ。借りるのは二度め。久しぶりに読んでみようと思ったのだ。

横尾成吾の小説には家族を描いたものが多い。前に読んだ『三年兄妹』も『百十五ヵ月』もそうだった。

僕自身がそんな話を求めてるのか？

と考えたところでインタホンのチャイムが鳴った。

ウィンウォーン。

何かの勧誘だろうと思いつつ、受話器をとる。

「はい」

「こんにちは。君島です」

敦美さんだ。

「どうも。こんにちは」

「さっきドアが閉まる音が聞こえたから、今日はいらっしゃるかと思って」

「はい。休みです」

三月。引越が集中する時期。繁忙期。会社からも、入れる日はなるべくバイトに入ってくれと言われてる。それでも、たまには休まなければいけない。じいちゃんも言ってた。休養は大事なのだ。体は、休ませなければいけない。日々の労働ですり減った部分をもとに戻すためにも。

人間は、きちんと休めば回復する。ある程度はもとに戻る。ただし、ある程度。戻らない部分が少しずつ積み重なり、それが老いへと変化していく。と、そんなようなことも、じいちゃんは言ってた。

「江藤さん。今、ちょっとお時間ありますか？」

「はい」

「もしよかったら、こちらでお茶でも飲みませんか？」

「お茶」

「はい」

今飲んでしまいました、と言いそうになり、とどまる。文字どおりのお茶という意味でもないだろうと思って。

「えーと、いいんですか？」

「ぜひ」

「じゃあ、行きます」

「急がなくていいので。インタホンを鳴らしてください。部屋にいますから」

「はい。鳴らします」

部屋着のジョガーパンツから、一応、デニムに穿き替えた。上はパーカーのまま。着替えたところで変わらないのだ。色ちがいのパーカーになるというだけの話。

五分ほどで部屋を出て、ドアのカギをかける。そして数歩移動。二〇二号室のインタホンのボタンを押す。

ウィンウォーン。

通話での応対は省かれ、ドアが開く。

「どうぞ」と敦美さん。

「失礼します」と僕。

デニムに穿き替えはしたが足もとはサンダル。それを脱ぎ、なかに上がる。もう四度も上がってるお宅だ。ゴキで一度、蛾で一度、蜘蛛で一度。そして、火で一度。

午後二時。彩美ちゃんはまだ学校から帰っておらず、不在。敦美さんと二人になる。彩美ちゃんと二人、はあったが、敦美さんと二人、は初めてだ。

ダイニングキッチンのイスに座った。テーブルを挟んで向かい合う形だ。そのテーブルも決して大きくはないので、挟んでいても、位置は近い。親子ならそれでいいが、アパートの隣人同士となると微妙。

「お茶と言っちゃいましたけど。紅茶でもいいですか？　アップルティー」

「はい」

お茶でもコーヒーでもない。紅茶。新鮮だ。コーヒー同様、じいちゃんと暮らしてるときは飲まなかった。東京に来てからも飲んでない。飲んだのは、たぶん、小三のときまでだ。要するに、母が生きてたときまで。

敦美さんがティーバッグで紅茶を淹れる。ダイニングキッチンにいるので、手順がすべて見える。カップ一杯につき、ティーバッグは一つ。一つで二杯はとれないのかな、とつい貧しいことを考えてしまう。

そして紅茶が入ったカップが二つ、テーブルに置かれる。敦美さんが向かいに座る。近い。

「お待たせしました。お砂糖はこれ」とスティックシュガーを渡される。

「普通、入れるものですか?」と尋ねてみる。

「好みですね。りんごの風味がついてるので、そのままでもだいじょうぶかと。わたしは入れません。まず一口飲んでみてください」

「そうします。いただきます」

一口飲む。熱い。そして、おいしい。

「すごいですね。りんご」と間抜けな感想を口にしてしまう。「はっきりわかりますね」

「はい。だから子どもも飲めます。彩美も好きですよ」

「確かに、砂糖はなしでだいじょうぶですね」

もう一口飲む。やはりおいしい。

敦美さんが言う。

「あのときは、本当にありがとうございました」

「いえ。お礼は、もう言ってもらいましたよ」

次の日に言ってもらった。敦美さんにも、彩美ちゃんにも。午後七時すぎ。僕が帰宅するのを見計らい、訪ねてきてくれたのだ。

僕が火を消したあのあと、敦美さんは通報しなかった。もう二度と来ないで。電話もしないで。してくるようなら警察にこのことを話します。職場の人にも話します。そう言って、里村照士を帰した。そこまでは知ってた。僕も現場にいたから。

燃えた布巾が落ちた床に、大した被害はなかった。ちょっと焦げて色が変わった程度。言われなければ気づけないくらいだ。

「結局、被害届も出しませんでした」

「そうですか」

「はい。逆恨みされてもいやなので。とにかく、終わりにすることを最優先にしました」

「それがいいのかもしれませんね」

敦美さんは紅茶を一口飲んで、言う。

「あとで思いだしたんですけど。江藤さん、警察にお知り合いがいらっしゃるんですか?」

「あぁ。あれはうそです。というか、うそではないんですけど。いや、でもやっぱりうそです。とっさに言ってしまいました。そのうそはいいだろうと思って」

「わたし、江藤さんにお礼を言ったあと、室屋さんと笠木さんのところにも行ったんですよ。うるさくしたことを謝るつもりで」

「どう、でした？」

「お二人とも、あのときは部屋にいらっしゃらなかったみたいです。だから、ちょっと騒いでしまったので、とだけ言っておきました。かなりほっとしました。ズルいですけど」

「得三さんも、いなかったんですか」

「はい。娘さんのお宅へ行ってたみたいです」

「あぁ」

印刷会社に勤める娘さんだ。グラフィックデザイナーのダンナさんがいるという。

それを聞き、あらためて思う。

得三さんがいなかったのなら。あのとき、僕が君島家に行ってよかったのだ。僕がいなければ、火が出るようなことにはならなかったかもしれない。が、敦美さんと彩美ちゃんにとっていい結果にもならなかったはずだ。ただちょっと怖がらせようというくらいで、里村照士に放火するつもりはなかったのだろう。でも、火はダメだ。

「いろいろご迷惑をおかけして、すいませんでした」と敦美さんが頭を下げる。

「いえ。迷惑なんてことは、まったくないです。これはほんとに。じいちゃんにも、ご近所さんの力になるよう言われてますから」

「おじいさん。紀介さん」

「え？　どうして名前を」

「トマトを頂きましたから」

「あぁ。そうでした」

「伝票にお名前が書かれてたので、覚えちゃいました。紀介さん。お元気ですか？」

「えーと、亡くなりました」

「えっ？」

「一月に」

「そうなんですか？」

「はい。だから一度村に帰りました」

「ごめんなさい。何も知らなくて」

「いえ」

「お体が、どこか悪かったんですか？」

「みたいです。がんでした。僕も知りませんでした」

「隠してらした、ということ？」

「はい。だとしても、気づかない僕も僕ですけど」

「それは、紀介さんががんばった、ということじゃないですか？　絶対に気どられないように、したんですよ」

「そう思いたいです」

「江藤さんは、このままこちらに？」

「そのつもりでいます。村に帰っても、たぶん、僕が就ける仕事はないので。じいちゃんの家は、しばらく残しておきますけど」

「帰れる場所ではありますもんね」

「はい」

帰れる場所。確かにそうだ。『えとうや』はもうない。じいちゃんの家は、ある。

「わたしも、東京だからどうにかやっていけてるんだと思います。地方で一人で子どもを育ててるお母さんは、もっと大変なんじゃないかな」そして敦美さんは言う。「わたしね、四月から仕事を替えるんですよ」

「そうなんですか」

「はい。今とは別の会社に正社員として雇ってもらえることになったので。彩美にも手がかからなくなったから、そろそろいいかと思って、いろいろ当たってたんですよ」

「何をする会社ですか？」

「セイカ会社ですね。お菓子の製菓じゃなくて、靴のほう」

「あぁ。製靴」

「つくる技術はないので、販売ですけど。本社は墨田区で、本店は銀座。わたしが勤めるのは本店です」

「銀座、ですか」

「はい。今より遠くなっちゃいます。ここからだと、有楽町で降りて歩いていくことになるのかな」

有楽町。前に難波くんと小沢さんと待ち合わせた駅だ。

「女性ものの靴、ですよね？」

「いえ、紳士靴です。革靴。上のクラスだと、一足六万円ぐらいします」

「六万円！」

「スタンダードなもので三万円ぐらいです」

「三万円！」

「高いですよね。わたし、高校を出てから、デパートで紳士靴の販売をしてたんですよ。その経験を活かそうと思って。まあ、その仕事をしてたからあの人と知り合っちゃったんですけど。お客としてあの人が靴を買いに来て。頻繁に来てくれるようになって」

「そう、なんですね」

「初めはよかったんですけどね。人は、変わりますよ。いえ、そうじゃなくて。変わらないのかな。隠しちゃうんですね、よくない自分を」

そうかもしれない。例えばドラマなどで、人は変われますよ、とよく言う。そうだろうか、といつも思う。変えられるのは枝葉だけ。根や幹は変えられない。僕はそう思ってしまう。

「いい靴は、本当にいいですよ」と敦美さんが言う。「女性ものでもそれは同じだから、わたしにもわかります。四月から働く会社のものも売ってたことがありますけど、買ってくださったかたは皆さん、本当に履き心地がいいって言いますもん。革靴にはどうしても硬い印象がありますけど、いいものは絶妙にフィットするみたいです」

「例えば二十八センチの靴なんて、ありますか?」

「確か、二十八・五センチまであるんじゃなかったかな」

「だったら、いつか履いてみたいですね。それを履くような仕事には就けないと思いますけど」

「おしゃれをするときに履けばいいんですよ。スポーツ選手みたいに」

「でも二十八センチだと、バカの大足に見えないですかね」

「見えません」ときっぱり言われる。「そういうのは、たいてい、ご本人が意識されてるだけなので」

「あぁ」

真っ向からの否定。なのに気分がいい。

「こないだのあれもあって、わたしも、動いてみようっていう気になりました。新しい仕事、楽しみです」

　それを聞いて、言ってしまう。

「僕も、消防官の試験を受けようと思ってます」

「消防官。消防士さん？」

「はい。僕は高卒だから、もう年齢的に受けられないと思ってたんですよ。確か二十一歳くらいまでなので。でもこないだ東京消防庁のホームページを見てみたら。大卒の人が受けるのと同じ試験なら受けられるみたいで。もちろん、受けられるというだけの話で、実際に受かる確率は低いでしょうけど。でも、受けられるなら受けてみようかなって」

「その試験は、何歳まで受けられるんですか？」

「二十九歳まで、らしいです」

「それでもそのくらいなんですね。まあ、そうか。消防士さんて、ある程度若いうちにならないと、難しそうですもんね。ただ、江藤さんならやれるんじゃないですか？　体力面は充分でしょうし」

「いやぁ。もっと上の人はたくさんいると思います。勉強は、ゼロからですし」

「でも、やろうと決めたわけですよね？」

「はい」

「あの」

「はい？」

「火は、だいじょうぶなんですか？」

「だいじょうぶではないんだと思います。でも。こないだ、この部屋でああなって、何か少し変わりました。うまく言えないですけど、避けるのはもうやめだと思えるようになったというか。案外怖くないと思えたというか。まあ、あのときは必死だったからかもしれませんけど」

「すいません。あんな目に遭わせてしまって」

「いえ。むしろよかったです。あれをよかったと言っちゃいけないんですけど。何ていうか、僕も、動く気になれました。だからあのあと、ふと思いついて、東京消防庁のホームページを見たんですよ。そしたら、まだ試験を受けられることがわかって」

「受けてみようと」

「はい」

敦美さんが紅茶を飲む。僕も飲む。

「わたし、受かってほしいです。すごく」

「僕も、受かりたいです。すごく」

「紀介さんもそう思ってると思います」

「だといいです」

消防官。半年前なら選択肢にも入らなかった仕事。まず初めに選択肢から外してたはずの仕事。でも考えてみれば。体を動かす仕事なのだ。人を守れる仕事なのだ。あとは僕次第。じいちゃんも、反対はしないだろう。

「引越のお仕事は続けるんですか？」

「はい。生活費は稼がなきゃいけないので。でも試験が近づいたらセーブするかもしれません」

東京に出るときにじいちゃんにもらった父の保険金はほとんど減ってない。そしてじいちゃん自身も少しお金を遺してくれた。それがあるから、今、僕はこんなふうに暮らせてる。追いこまれずに過ごせてる。そのお金にはなるべく手をつけたくない。この先何があるかわからない。僕は一人なのだ。

「試験はいつなんですか？」

「二回あって、五月と八月らしいです。五月はもう無理なので、八月のを受けるつもりです。正直、受からないと思います。でもそれで一度経験して、来年はどうにかしたいです」

そして今度は僕が敦美さんに尋ねる。

「あの」

「はい」

「勤務先が替わると、引越すんですか？」

「引越して、ほしいですか？」と笑み混じりに敦美さんが言う。

「引越して、ほしくないです」と笑みは混ぜずに僕は言う。言ってから気恥ずかしくなり、付け加える。「せっかくお知り合いになれたので」

「引越しませんよ。銀座ならここから通えます。彩美に転校させたくないし。何よりもまず、ここは好きですから」

「いい場所ですもんね。川があって」

「はい。それに。いざとなれば虫を退治してもらえる。そう思っていられるのは、案外大きいんですよ。引越した先でもお隣に虫を退治してくださるかたがいらっしゃる可能性なんて、ほぼゼロです。そのうえ、あんなふうにたすけていただいて。わたしたち親子にしてみたら奇跡ですよ」

僕にしてみても奇跡だ。東京でいい隣人と出会えるとは思わなかった。そのお宅で紅茶を飲むことになるとも思わなかった。アップルティーなんて、一度も飲まずに一生を終える可能性もあったのだ。

「紅茶、もう一杯淹れますね」と言って、敦美さんが立ち上がる。そして実際に二杯めの紅茶を淹れにかかる。

敦美さんを見る。滑らかな動きの一つ一つを目で追う。

僕は敦美さんのことが好きなのだと思う。もちろん、彩美ちゃんのことも好き。でもそんなふうに言うことでごまかしたくない。敦美さんのことは、万勇がゆず穂さんを好きなように、好きだ。歳上の女性が好き、ということでは、たぶん、ない。敦美さんが好きなのだ。

火の怖さを、敦美さんと彩美ちゃんを守りたい気持ちが超えた。あれはそういうことだったのだと思う。

人を守ること。それは結局、じいちゃんが僕に教えてくれたことだ。言葉で、ではない。身を以て、教えてくれた。僕は両親に守られた。じいちゃんにも守られた。

そして今、僕には守りたい人がいる。なら守ればいい。

18

江戸川区から世田谷区へ。東から西へ。東京二十三区を横断する。引越会社のトラックで。

このバイトを始めて二年弱。初めて知り合いの引越を担当した。江戸川区の篁ハイツから世田谷区のマンションへの引越。得三さん、ついに娘さん家族と同居することにしたのだ。巻口貴代さん、夫の玉男さん、娘の礼亜さんと。

そしてこれも初めて。何と、僕を指名してくれた。わざわざ訪ねてきて、江藤くんの会社に引越をお願いしたい、と言ってくれたのだ。それで、バイト代とは別に会社から三千円もらえる。まさにボーナス。ありがたい。そのお金で、東京消防庁の本試験過去問題集を買わせてもらうつもりだ。

午前中は、朝長弘香さんという女性の一件を片づけた。アパートからアパートへ、なので楽だった。たぶん、大学を卒業して四月から就職する人、なのだと思う。大学に近いアパートから勤務先に近いアパートへ引越すのだ。

で、今は、筧ハイツで荷物を積み、世田谷区へ向かうところ。移動にかかるのは一時間弱。時給制なので、そのあいだも給料は出る。

トラックに乗ってるのは三人。運転してるのが社員の隈部さんで、助手席に座る二人はバイト。僕と桐山。高校の夏休みには天谷と西と桐山の三人でバイトに来てた、あの桐山だ。冬休みは見なかったが、春休みに入り、見るようになった。天谷と西は見ない。桐山だけ。休憩所にも一人でいるから、天谷と西は来てないのだと思う。

ちなみに、春休みは郡くんも来てる。僕も一度一緒になった。四月からは受験生だね、と言ったら、受験でもバイトはしますよ、と郡くんは言った。部活はサボってバイトをします。勉強はそこそこがんばります。どんなにがんばったところで、父親と同じ大学には行けないんで。

そこで訊いてみたら。郡くんの父親は東大出だそうだ。今いる北海道の支社というのも、有名な航空会社の支社。感心した。その父親にも感心したが、郡くん自身にはそれ以上に感心した。父親との距離感にというか、その東大出を少しも引きずらないところに。

移動中のトラックでほかの人たちとしゃべることはあまりない。たまたまその日だけ同じ現場になった、年齢も性格もちがう三人。年齢はともかく、性格など知りようもない三人。無理に話す必要もないのだ。仕事中でもあることだし。話すかどうかは、まあ、社員さん次第。

隈部さんとはなじみだが、それでもそんなには話さない。会話をしても、せいぜい二往復か三往復。バイト同士で話すことはほぼない。たいていは初対面だし、会話はすべて社員さんに聞かれてしまうから。

今日もいつもどおり話さない。助手席からただ窓の外を眺める。桐山に悪いな、とは少し思う。僕が窓側、桐山が真ん中。桐山は前を見てるしかない。トラックなので、三人横並び。ただでさえ狭いのに、僕がデカい分、さらに狭い。

夏のあのことを思いだす。天谷と西と桐山が休憩所のテーブルにごみを置いたまま帰ろうとして、万勇にどやしつけられたときのことだ。

桐山は、たぶん、ごみを捨てたかった。天谷が捨てないので、したがった。引っぱられった。万勇と天谷が言い合いをしてたときも、ずっとひやひやしてたはずだ。すぐにでも謝って、ごみを捨てたかったはずだ。

で、冬休みはバイトに来なかった。で、春休みは来た。一人で。

何となく、話しかけてみる。

「桐山くんはさ」

「はい?」

桐山はあからさまに驚いて、言う。

「何ていう名前?」

「え?」

「下の名前」

「あぁ。えーと、タイカイです」

「タイカイ」

「大きい海で、大海」

「へぇ。珍しい、よね」

「たまにイジられます、キラキラネームだとかって」

「そうかなぁ。漢字は普通だよね」

「そうですけど。ヒロミと読まれたりもして。タイカイですって言うと、だいたい驚かれます。父親が、相撲取りからつけたみたいです」

「あぁ」とそこで運転席の隈部さんが言う。「千代大海だ」

「それです」

「わかります」と僕も言う。「大関でしたよね？」

「そう」と隈部さん。「横綱にはなれなかった」

　確か、じいちゃんが好きだった。どうも強くなりきれんなぁ、と、そんなことを言ってた。言いつつ、応援してた。

「何かスポーツやってんの？」と隈部さんが尋ね、

「やってないです」と桐山が答える。

「やってたら、バイトしないか」

「はい。でも、このバイトでちょっと鍛えられたと思います」

「体？　気持ち？」

「あ、えーと、両方です」

「口悪い人は悪いからなぁ。まあ、がんばってよ。十代でそういうのを経験しとくのも、悪いことじゃないから」

「はい」

　会話はそれで一段落。あらためて、窓の外を見る。

ビル、ビル、ビル。人、人、人。

景色は変わっていく。と言うべきなのか。変わらない。と言うべきなのか。よくわからない。

東京は広い。そして、狭い。見ようによっては広く、見ようによっては狭い。日によって、また自身の体調によってさえ、変わるような気がする。ただ。やっぱり人は変わらない。たとえ景色は変わっても、そこに住む人は変わらない。そんな気もする。

何故だろう。荒川の河川敷で敦美さんがかけてくれた言葉を思いだす。

ご両親が江藤さんのことをちゃんと覚えてるから。親子って、そんなふうにちゃんとつながってるから。

両親の記憶はあまりない。

でも両親には僕の記憶がある。

充分だ。

湿原の木道を黙々と歩く。

そうせざるを得ないのだ。無駄にしゃべると体力を奪われるから。会話をしながら楽しく散歩、というわけにはいかない。

前を歩くじいちゃんについていく。相変わらず僕の足どりは重いが、相変わらずじいちゃんの足どりは軽い。六十キロの荷を背負ってるとはとても思えない。僕は十五キロぐらい。それでもムチャクチャ重い。背負い梯子の肩当てが食いこんで肩がメリメリ言う。いよいよ限界も近い。

「やっぱり重いよ。じいちゃん」

「じゃあ、もうちょっとじいちゃんのほうに移すか？」

本音を言えば、移してほしい。でも、移すか？　と言われると、こう言ってしまう。

「いや。いいよ」

僕の分が軽くなれば、じいちゃんの分は重くなるのだ。だったら、いい。

じいちゃんは足を止めずに言う。

「なあ、瞬一」

「ん？」

「瞬一は、東京に住みたいか？」

「うーん。一度は、住んでみたいかな。すぐいやになっちゃうかもしれないけど」

「紀一は住みたがってた」

「そうなんだ」

「ああ」

「住んでたら、どうなってたのかな」

「瞬一は東京で生まれてたかもな」

「ここを知らなかったっていうこと？」

「そうだな」

「それは、いやかな」

「そうか」

「うん」

ここを知らないのは、いやだ。いい山があり、いい空があり、いい空気があるここを知らないのは。

「それにしても、重いよ」

「重いのには、慣れないか？」

「慣れないよ。重いものは重い」

「それでいいんだ」

「いいかなぁ」

「慣れるっていうのは、感覚が麻痺(まひ)するっていうことだからな」

「麻痺しないのも、つらいね」

「でも、生きることに慣れない人間になれる」

「今のもダジャレ？」

「ん？」

「慣れると、なれる」

「あぁ」顔は見えないじいちゃんが笑って言う。「そうだ」

村と町とじいちゃんと瞬一

一月一日　片品村　江藤家

「うまいよ。じいちゃんが焼いてくれた餅を食べると、正月だなって感じがする。今年も、これを楽しみに帰ってきたよ」

「餅ぐらい、いくらでも焼いてやる。瞬一は、休め」

「うん。一年分休むよ」

「引越の仕事は、どうだ？」

「コンビニよりは、僕に合ってるかな。歩荷に近い感じがするよ」

「そうか。東京でも、荷運びはできるか」

「荷物はどこにでもあるからね。じいちゃん、昔言ったじゃない。重い物を持つことには慣れないって。あれ、少しわかったような気がするよ」

「じいちゃんが、そんなこと言ったか」

「ほら、僕がまだ中学生で、初めて歩荷の手伝いをさせてもらったとき」

「あぁ。言ったかもな」

「あのときはほんとに重かった。やってみたいなんて言うんじゃなかったと思ったよ」

「瞬一」

「ん？」

「尾瀬（おぜ）はお前を好いてくれてた。東京も、たぶん、好いてくれる」

「そうなれば、いいけどね」

「そうなるよ。じいちゃんにはわかる。村も町も、瞬一のことは好きだ。東京に戻っても、こっちに帰ってきたときみたいに、ただいまを言え」

「そうするよ」

「餅、もう一個食え」

この物語はフィクションです。

登場人物、団体等は実在のものとは一切関係ありません。

長編「まち」は令和元年十一月、小社より四六判で刊行されたものです。

掌編「村と町とじいちゃんと瞬一」は令和元年十一月、小社ホームページに掲載されたものです。

文庫化に際し、著者が加筆修正を施しています。

一〇〇字書評

まち

切り取り線

購買動機（新聞、雑誌名を記入するか、あるいは○をつけてください）

□（　　　　　　　　　　　　　　　　）の広告を見て
□（　　　　　　　　　　　　　　　　）の書評を見て
□ 知人のすすめで　　　　　　　□ タイトルに惹かれて
□ カバーが良かったから　　　　□ 内容が面白そうだから
□ 好きな作家だから　　　　　　□ 好きな分野の本だから

・最近、最も感銘を受けた作品名をお書き下さい

・あなたのお好きな作家名をお書き下さい

・その他、ご要望がありましたらお書き下さい

住所	〒				
氏名		職業		年齢	
Eメール	※携帯には配信できません		新刊情報等のメール配信を 希望する・しない		

この本の感想を、編集部までお寄せいただけたらありがたく存じます。今後の企画の参考にさせていただきます。Eメールでも結構です。

いただいた「一〇〇字書評」は、新聞・雑誌等に紹介させていただくことがあります。その場合はお礼として特製図書カードを差し上げます。

前ページの原稿用紙に書評をお書きの上、切り取り、左記までお送り下さい。宛先の住所は不要です。

なお、ご記入いただいたお名前、ご住所等は、書評紹介の事前了解、謝礼のお届けのためだけに利用し、そのほかの目的のために利用することはありません。

〒一〇一ー八七〇一
祥伝社文庫編集長　清水寿明
電話　〇三（三二六五）二〇八〇

祥伝社ホームページの「ブックレビュー」からも、書き込めます。
www.shodensha.co.jp/
bookreview

祥伝社文庫

まち

令和 4 年11月20日　初版第 1 刷発行

著　者　小野寺史宜（おのでらふみのり）

発行者　辻　浩明

発行所　祥伝社（しょうでんしゃ）

東京都千代田区神田神保町 3-3
〒101-8701
電話　03（3265）2081（販売部）
電話　03（3265）2080（編集部）
電話　03（3265）3622（業務部）
www.shodensha.co.jp

印刷所　萩原印刷
製本所　ナショナル製本
カバーフォーマットデザイン　芥 陽子

Printed in Japan ©2022, Fuminori Onodera ISBN978-4-396-34853-3 C0193

祥伝社文庫　今月の新刊

小野寺史宜
まち
人を守れる人間になれ――祖父の言葉に背中を押され、上京した瞬一。誰ひとり知り合いのいない街は、瞬一を受け入れてくれるのか？

加治将一
龍馬を守った新撰組
禁断の幕末維新史
近藤勇は、坂本龍馬の同志だった！　二人の志を歪曲した歴史の意図とは？　『龍馬の黒幕』の著者が描く、知られざる幕末維新秘史。

内田　健
涼音とあずさのおつまみごはん
涼音三十歳、あずさ三十一歳、共働きの仲良し夫婦は、節約＆かんたん晩酌がお好き！　平和な日常がこよなく愛おしい新感覚グルメ小説。

柏木伸介
ミートイーター
警部補　剣崎恭弥
被疑者を完璧に自白させる取調室のエースが消えた。拉致か、失踪か。恭弥は〝無罪請負人〟と共闘し、謎に包まれた同期の行方を追うが……。